莫泊桑
中短篇
小说全集

CONTES ET
NOUVELLES DE
GUY DE MAUPASSANT

莫泊桑中短篇小说全集

CONTES ET
NOUVELLES
DE GUY DE
MAUPASSANT

月光
Clair de Lune

[法] 莫泊桑 ◆ 著　　张英伦 ◆ 译

人民文学出版社

Guy de Maupassant
CONTES ET NOUVELLES DE GUY DE MAUPASSANT

图书在版编目（CIP）数据

月光／（法）莫泊桑著；张英伦译. -- 北京：人民文学出版社，2025. --（莫泊桑中短篇小说全集）.
ISBN 978-7-02-019052-2

Ⅰ. I565.44
中国国家版本馆 CIP 数据核字第 2024LX5801 号

吉·德·莫泊桑
Guy de Maupassant
1850—1893

2011年译者在法国诺曼底海边

张英伦

作家、法国文学翻译家和研究学者、中国作家协会会员、旅法学者。

◆ 一九六二年北京大学西语系法国语言文学专业本科毕业。一九六五年中国社科院外国文学研究所研究生毕业。曾任中国社科院外国文学研究所研究生导师、外国文学函授中心校长、中国法国文学研究会常务副会长、法国国家科学研究中心研究员。

◆ 著作有《法国文学史》（合著）、《雨果传》、《大仲马传》、《莫泊桑传》、《敬隐渔传》等。译作有《茶花女》（剧本）、《梅塘夜话》、《莫泊桑中短篇小说选》、莫泊桑中短篇小说分类五卷集、《奥利沃山》等。主编有《外国名作家传》、《外国名作家大词典》、"外国中篇小说丛刊"等。

保尔 · 奥朗道尔夫插图本《月光》卷封面

Clair de Lune

Par Guy de Maupassant

Librairie Paul Ollendorff (1903)

Illustrations de Lucien Métivet

Gravées sur bois par Georges Lemoine

本书根据法国保尔·奥朗道尔夫出版社出版的
插图本莫泊桑全集《月光》卷（1903）翻译

插图画家：吕西安·梅蒂维
插图木刻家：乔治·勒姆瓦纳

译者致读者

吉·德·莫泊桑（1850—1893）是十九世纪法国文坛一颗闪耀着异彩的明星，他的《一生》《漂亮朋友》等均跻身世界长篇小说名著之林，而他的中短篇小说创作尤其成就卓著，影响广泛且深远，为他赢得"短篇小说之王"的美誉。

莫泊桑的中短篇小说深深植根于现实的土壤，题材广泛，以描摹他那个时代法国社会风俗为主体，人生百态尽在其中。对上流社会的辛辣批判和对社会底层的诚挚同情，是贯穿其中的令人瞩目的主线。他的慧眼独到的观察，妙笔生花的细节描写，在法国后期现实主义小说创作中出类拔萃，发扬法国文学的悠久传统，他的小说作品，无论挞伐、针砭、揶揄、怜悯，喜剧性手法是其突出的特色。

莫泊桑的中短篇小说，绝大部分首先发表于报刊，之后收入各种莫氏作品集。仅作家在世时自编的小说集就有十五种之多。

后世出版的莫泊桑作品集，影响最大的当推保尔·奥朗道尔夫出版社出版的《插图本莫泊桑全集》（1901—1912）。这套全集里的中短篇小说部分共十九卷，其中的十五卷篇目和目次均与莫氏自编本基本相同，即：《山鹬的故事》（1901）、《密斯哈丽特》（1901）、《菲菲小姐》（1902）、《伊薇特》（1902）、《于松太太的贞洁少男》（1902）、《泰利埃公馆》（1902）、《月光》（1903）、《图瓦》（1903）、《奥尔拉》（1903）、《小洛克》（1903）、《帕朗先生》（1903）、《左手》（1903）、《白天和黑夜的故事》（1903）、《无用的美貌》（1904）、《隆多利姐妹》（1904）；另有四卷为该出版社补编，即：《巴黎一市民的星期日》（1901）、《羊脂球》（1902）、《米隆老爹》（1904）、《米斯蒂》（1912）。这十九卷共收莫泊桑中短篇小说二百七十一篇。

我现在译的这部《莫泊桑中短篇小说全集》是以奥版《插图本莫泊桑全集》上述十九卷为蓝本，另将奥版未收的三十五篇作为补遗纳入十九卷中的九卷；迄今发现的三百零六篇莫氏中短篇小说尽在其中，并配以奥版的部分插图，可谓图文并茂。我谨将它奉献给我国无数莫泊桑作品的热情爱好者。

小说集《月光》的第一个单行本一八八四年由莫尼埃出版社出版,收短篇小说十二篇,均为一八八二年和一八八三年所作。一八八八年保尔·奥朗道尔夫出版社出增订版,加入五篇新作。我译的这卷《月光》共有十八篇,前十七篇是奥版插图本的完整再现,保持了莫泊桑一八八八年亲定的篇目;此外,我还从奥版未收的篇目中选出中篇小说《埃拉克琉斯·格罗斯博士》补入本卷。

开卷伊始的短篇小说《月光》是一首爱的颂歌。像这样的抒情曲在莫泊桑的作品中只有《拉丁文问题》《一个春天的晚上》等不多的几篇,但都写得那么情真意切、委婉动人,可以感受到作家对纯真的爱的热烈憧憬。

《奥尔坦丝王后》可以被视为自然主义文学的一个精致的样品。通篇由一系列的细节陈述串联而成,没有主题思想,没有矛盾冲突,仿佛是日常生活中平凡无奇的长流的一个随意的片段。然而这些细节描写是那么逼真、生动、引人入胜、给人期待,同样显示了大师的笔力。

一些研究家从《夜》中窥见了莫泊桑精神分裂的先兆。的确,这位天才作家的病情这时开始进入加速期。《夜》的内容可以说亦真亦梦。深夜前往当年没有照明的布洛涅树林，视路灯为天上掉下的月亮蛋，说塞纳河水正在冻结，预感自己死之将至，居然又能把这一切述之于文字，真是匪夷所思！然而跟踪"我"的夜游，路线是那么准确，灯火通明的咖啡馆、运菜的马车、捡破烂的穷人等许多场景又是那么真实！《夜》，是一个非凡作家描写夜巴黎的非凡之作。

小说集《月光》于一八八四年十一月二十三日出版，评论家保尔·吉奈斯蒂在该年十二月十八日的《吉尔·布拉斯报》撰文写道："我们起初是一群人；我们今天是一个军团，在欢呼莫泊桑一部新书的诞生，因为他引起我们真正的愉悦。年轻的大师在寥寥几年时间里就赢得了我们这个时代的最持久的成功。谢天谢地，他是那种人，他献给我们细腻的欢乐，令我们为如此灵活多变的才华而惊叹。"

中篇小说《埃拉克琉斯·格罗斯博士》作于一八七五年，直到一九二一年才首次发表，可谓深海遗珠。这是一篇典型的莫泊桑式的奇异小说，情节是那么诡谲怪诞，然而皆是现实中可能发生的事，旨在揭示超自然的虚妄。

人们常说，《羊脂球》于一八八〇年在《梅塘夜话》中的发表，象征着天才莫泊桑一鸣惊人的横空出世。其实，在整个十九世纪七十年代,莫泊桑在慈母的关注下,在慈父般的导师福楼拜的指教下,在诗歌、戏剧和小说的创作实践方面都进行过坚忍不拔的摸索和锻炼。中篇小说《埃拉克琉斯·格罗斯博士》就是青年莫泊桑这时期的一部力作,它见证了"短篇小说之王"莫泊桑的文学才能,也留下一个通过脚踏实地的刻苦努力达到辉煌成就的范例。

张英伦

二〇二一年十二月三十日

目 录

月光	001
一次政变	013
狼	035
孩子	049
圣诞节的故事	061
奥尔坦丝王后	075
宽恕	091
圣米歇尔山的传说	105
一个寡妇	117
珂珂特小姐	129
珠宝	141
幽灵现身	157
门	173
父亲	187
穆瓦隆	199

我们的信	215
夜	229
埃拉克琉斯·格罗斯博士	243

月光 *

* 本篇首次发表于一八八二年十月十九日的《吉尔·布拉斯报》,作者署名"莫弗里涅斯";一八八四年首次收入埃德蒙·莫尼埃出版社出版的莫泊桑小说集《月光》。

他配得上他那富有战斗意义的姓氏,马里尼昂①院长。这位瘦高个儿的神父,狂热,总是很冲动,但是为人正直。他的所有信念都已经固定,永远不会动摇。他真诚地以为自己认识天主,洞悉天主的意图、意志和愿望。

当他大步地在他那乡间小住宅的小径上散步时,时而会有一个问题涌现在他的脑海:"为什么天主这样做?"于是他就在思想上站在天主的位置,执拗地寻求答案,而且几乎总能获得圆满解决。他,可不是那种习惯于怀着虔诚的自卑感喃喃地说一声:"主啊! 您的意图深不可测!"的人,他总是对自己说:"我是天主的奴仆,我应该知道他行动的理由;

---

① 马里尼昂:意大利城市梅洛尼亚的法文名称。法国人曾于一五一五年和一八五九年在这里打败瑞士人和奥地利人。

如果不知道，就应该猜出来。"

在他看来，自然界中的一切都是遵循一种绝对的、美妙的逻辑创造出来的。"为什么"和"因为"永远互相平衡。晨曦是为了让人们醒来时感到愉悦，白昼是为了让庄稼成熟，雨水是为了灌溉庄稼，晚上是为了催生睡意，黑夜是为了让人酣眠。

四个季节和农业的各种需要是那么完美的契合；这位神父绝不会怀疑到大自然根本没有意图，而是相反，一切有生命的东西都是服从其时代、气候和物质的严格的必然性。

不过他憎恨女人，不自觉地憎恨她们，本能地蔑视她们。他经常重复基督的话："女人，你们与我有什么共同之处？"① 而且还加上一句："似乎天主也不满意他的这个造物。"在他看来，女人确实是诗人所说的十二倍不纯洁的孩子②。她是诱惑者，她引诱了第一个男人，而且仍在继续干着她这该下地狱的事；她柔弱但却危险，有一种神秘地扰乱人心的力量。他憎恨她们堕落的肉体，更憎恨她们多情的心灵。

① 语出《圣经·旧约》中《约翰福音》的第二章第四句。
② 语出法国诗人阿尔弗雷德·德·维尼（1797—1863）的长诗《参孙之怒》的第一百行："女人，十二倍不纯洁的生病的孩子！"

他常常感觉到她们对他温情脉脉,虽然他知道自己是攻不破的,见她们身上永远躁动着这种爱的需要,他仍然极为愤怒。

依他之见,天主造出女人,就是要让她们诱惑和考验男人的。跟她们接近的时候,人们必须怀着防范的警惕性和身临陷阱的恐惧。事实上,当女人向男人伸开双臂、张开嘴唇的时候,的确像一个陷阱。

只有对那些许过心愿、因而不再会伤害男人的修女,他才略为宽容些;不过,他待她们也十分冷漠,因为他总感到那永恒的柔情,仍然活在她们被禁锢的心和谦卑的心的深处,仍然在不断向他袭来,尽管他是一个神父。

这种柔情,他在她们比男修士更虔诚的湿润的目光里感觉得到,在她们夹杂着女性情感的心醉神迷中感觉得到,也在她们对基督的爱的冲动里感觉得到,而这尤其令他发火,因为这是女人的爱,肉欲的爱。这该死的柔情,即使在她们的驯顺里,在她们跟他说话时的温柔里,在她们低垂的眼睛里,在她们受到他粗暴指责时的委屈的眼泪里,他都能感觉得到。

他每次走出女修院的大门,都要抖抖自己的长袍,然后大步流星地离去，就像在逃避什么危险。

他有一个外甥女，跟她母亲住在附近的一所房子里。他极力主张让她做一名修女。

她既漂亮，又冒失，还爱嘲弄人。院长对她说教的时候，她总是一个劲地笑；他生气了，她就使劲地拥抱他，把他紧紧搂在心口上，而他总是不由自主地挣脱出来。不过这紧紧的搂抱却也让他体味到一种甜蜜的快乐，唤醒了他内心深处那沉睡在每个男人身上的父爱的感觉。

他常在田间的路上，一边和她并肩走着，一边跟她谈天主，谈他的天主。

她几乎根本不听他说话，而是看着天空、青草、鲜花，从她的眼睛里就可以看出她生活得很幸福。有时，她会冲过去捕捉一个飞虫，然后拿着回来，一边嚷着："看呀，舅舅，它多好看；我真想亲亲它。"可这种想"亲"蚊虫或者丁香骨朵儿的欲求却让他不安，让他恼怒，让这位神父大为恼火。因为他从其中又发现了女人心里永远萌发的那无法根除的柔情。

圣器室管理人的老婆给马里尼昂院长做家务。有一天，她婉转地告诉神父，他的外甥女有了情人。

他感到万分震惊，好一会儿连气都喘不过来，因为他正在刮脸，满脸都是肥皂沫。

等他缓过神来，能思想能说话了，才大声疾呼："这不是真的，你撒谎，梅拉尼！"

可是那农妇把手放在心口上，说："神父先生，我要是撒谎，让天主惩罚我。我还可以告诉您，每天晚上，您的妹妹一睡下，她就去那儿。他们在河边会面。您只要在晚上十点到十二点之间去那儿看一看就知道了。"

他下巴也不刮了，激动得来回走起来，就像他通常进行严肃思考时那样。等他想再开始刮胡子的时候，从鼻子到耳朵就割破了三刀。

他一整天都闷声不吭，痛心疾首，怒火填膺。他除了作为神父，对无法战胜的爱情深感愤慨，还有一层作为精神上的父亲，作为监护人、心灵导师，被一个孩子欺骗、辜负、作弄而感到的盛怒；就好像自私的父母听到女儿宣布，她瞒着他们甚至违拗他们的意愿选了一个丈夫，心疼得气急败坏。

吃过晚饭，他试着读一会儿书，可是他读不下去；他越来越恼火。钟敲十点的时候，他拿起了手杖，那根令人生畏的橡木棍，每当夜间去看望病人时，他走路总是带着它。他微笑着看了看这根粗大的木棍，用他乡下人结实的手腕将它转了几圈，做了几个威吓的动作。接着，他猛地举起棍子，咬牙切齿地砸向一张椅子，椅子背立刻被砸断，掉落在地板上。

他推开门要出去；但是他在门口停住了，几乎从未见过的那么明亮的月光让他愣住了。

他有着容易冲动的心灵，那些基督教会的圣师，那些富于梦想的诗人，有的大概就是这种心灵；白晃晃的夜色的壮丽和静谧的美感动了他，他顿时觉得心旷神怡。

他的小花园的一切都沐浴在柔和的月光里：排列成行的果树，在小径上勾画出它们刚刚穿上绿衣的木质肢体的单薄的身影；而巨人般的忍冬藤爬满了他的房子的墙壁，喷发出蜜糖一样香甜的气味，温和而明亮的夜里仿佛飘荡着一种馨郁的灵魂。

他深深地呼吸起来，像醉汉喝酒似的痛饮着空气；他不慌不忙地向前走去，又是喜悦，又是惊奇，几乎忘掉他的外甥女。

他一走到田野便停下来放眼四望，整个原野沉浸在温柔的亮光里，淹没在这宁静的夜的情意绵绵的魅力里。蟾蜍不时地隔空传来它们短促、铿锵的音符，远处夜莺的歌声和诱人的月光交融。这轻轻的、颤抖的歌声，催人梦幻而不是让人思想，是为接吻而创造的。

院长又往前走，自己也不知道为什么，心已经软了。他感到虚弱，一下子精疲力竭了；他只想坐下来，待在那里，望着天主的作品，景仰和赞美天主。

远处，沿着曲折的小河，一大排杨树蜿蜿蜒蜒伸向远方。一层薄雾，被穿过的月光染成银色、照得发亮的白色雾气，悬在河岸的周围和上空；弯弯曲曲的河道，整个儿被包裹在轻飘、透明的棉絮里。

神父又一次停下。一股不断增强的不可抗拒的柔情，已经沁入他的心灵深处。

这时，一个疑问，一种模糊的不安，袭上他的心头；他经常向自己提出的那个问题，此刻又呈现在他的脑海。

为什么天主这样做？既然黑夜是让人睡眠、失去知觉、休息、忘记一切的，为什么要把它造得比白昼更迷人、比黎明和傍晚更柔美？为什么让这徐缓而诱人的月亮比太阳更富有诗意？它是那么含蓄，就像是特地用来照明不宜强光灼射的美妙而又神秘的事物的，为什么它却把黑暗照得那么透明？

为什么那些最擅长歌唱的鸟儿不像其他的鸟儿那样休息，而总是躲在撩人的暗中展练歌喉？

为什么要造出这披在尘世上的半明半掩的薄纱？为什么要有这些心的震颤，灵魂的激动，肉体的疲惫？

为什么还要向人类展示这诱人的景象，既然他们已经安睡在自己的床上，根本看不见？这美好的景象，这天上洒向人间的诗意，是为谁而造?

院长一点儿也不明白了。

就在这时,远处,草地的边上,在浸润着明亮薄雾的树木搭起的拱顶下,出现了两个人影,并肩走着。

那男子个儿高高的,搂着女友的脖子,时不时地亲吻一下她的额头。他们让这静止不动的景物突然动了起来。这景物就像是为他们而设置的一个神圣的背景,环绕着他们。他们两个人仿佛合成了一体,而这安宁和寂静的夜就是为他们而造。他们向神父这边走过来,犹如一个活生生的回答,他的主对他的提问做出的回答。

他仍然站在那里,心怦怦跳,心慌意乱;他仿佛看到了《圣经》里写到的某种事,就像路得①和波阿斯②的爱情,看到了天主的意志正在圣书中谈到的伟大背景中实现。他的头

---

① 路得:据《圣经》记载,她是摩押人,嫁给因饥荒逃到摩押的犹太人。后因家庭遭遇不测而丧偶,逃到犹大地,为前夫的族人波阿斯拾麦穗,并奉上帝意志嫁给波阿斯。他们生了俄备得,俄备得生了耶西,耶西生了希伯来统一王国的国王大卫。
② 波阿斯:据《圣经》记载,他是犹大地的地主,奉天主的意志娶路得为妻。

脑里嗡嗡地回响起《雅歌》①中的章节，激情的呐喊，肉体的呼唤，那部充满热烈爱情的诗篇中的全部火热的诗句。

他心想："天主造出这些夜，也许就是要用理想的意境来掩护人类的爱情吧。"

他在这对相拥着走过来的年轻人面前后退了。那的确是他的外甥女；不过他现在自问他会不会违背天主的意志了。天主不是已经容许爱情了吗，既然他用这样的光辉环抱着它？

他逃走了，不知所措，甚至感到羞愧，就好像闯进了自己无权进入的一座圣殿。

---

① 《雅歌》:《圣经·旧约》中的一卷，共有八章，以情侣对歌的方式表达男女热恋的心情，犹如恋歌。

一次政变*

* 本篇首次发表于一八八四年埃德蒙·莫尼埃出版社出版的莫泊桑小说集《月光》。

巴黎刚刚得知色当①的惨败。共和国已宣告成立。整个法国正处在那场持续到公社②以后的神经错乱的初期，狂躁不安。全国各地，到处都在玩当兵的游戏。

针织品店老板成了临时替代将军的上校；手枪和短刀在一向与世无争而现在束上红色腰带③的大肚子周围炫耀；变成临时战士的小有产者，指挥着成营的大叫大嚷的志愿兵，像赶大车的人一样，嘴里骂骂咧咧地显威风。

这些以前只会摆弄磅秤的人，一拿起武器、舞弄起步枪

---

① 色当：法国东北部边陲城镇，一八七〇年九月初普鲁士军队在此大败法军，法国皇帝拿破仑三世率十万军队投降。
② 公社：指一八七一年巴黎公社。
③ 红色腰带：从法国资产阶级大革命时代起，红色腰带即被视为革命和爱国的标志之一。

就疯狂起来，而且毫无缘由地变成了凶神恶煞。他们经常处决无辜者，仅仅为了证明自己会杀人；他们在并不见普鲁士人的乡间乱窜，枪杀无主的狗、正在安然倒嚼的母牛和在牧场上吃草的病马。

每个人都自以为是被招来担当一项军事重任。连那些很小的村庄的咖啡馆也挤满穿军装的商人，看上去就像营房或者野战医院。

卡内维尔镇还不知道军队和首都发生的那些天翻地覆的事；不过，一个月以来，一场明争暗斗就搅得它不得安宁，敌对的党派剑拔弩张。

镇长德·瓦尔纳托子爵，个子瘦小，已经上了年纪，是个正统派[1]，因为趋炎附势，不久前投靠了帝国[2]；他眼睁睁看着冒出一个死对头，那就是马萨莱尔医生，一个脸色通红

---

[1] 正统派：法国一八三〇年七月革命结束了波旁王朝统治，波旁王室的奥尔良幼系路易-菲利普即位，史称"奥尔良王朝"或"七月王朝"（1830—1848）。正统派是一个拒绝承认奥尔良王位合法性、拥戴波旁王室长系的保王主义派系。

[2] 帝国：指路易·波拿巴即拿破仑三世为皇帝的法兰西第二帝国，一八五二年成立，一八七〇年九月拿破仑三世在普法战争中投降，巴黎爆发革命，推翻了第二帝国。

的大胖子，本区共和派的头儿，共济会镇分会的会长，农会会长和消防队聚餐会会长，还是旨在保家护院的农村民兵队的组织者。

他用了半个月的工夫，想方设法说服了六十三个有家室、有子女的谨小慎微的农民和镇上的商人，自愿出来保卫乡镇，每天早晨带领他们在镇政府广场上操练。

每当镇长偶然在这时到镇政府来，腰里挂着手枪的马萨莱尔指挥官总要手举军刀，带领他那支队伍高傲地走过，让他的部下狂吼："祖国万岁！"而这个喊声，可以看得出来，总会让矮小的子爵胆战心惊；他从中看到一种威胁、一种挑衅，同时这也唤起他对大革命①的可憎往事的回忆。

九月五日早晨，医生身穿军装，手枪放在桌子上，正在给一对乡下老人看病，丈夫患静脉曲张已经七年拖着不治，直到他老婆也害了同样的病才来找医生。就在这时邮差送来报纸。

马萨莱尔先生打开报纸一看，顿时脸色煞白，猛地站起来，向空中举起双手，做了一个狂热的动作，当着两个大惑

---

① 大革命：指一七八九年推翻波旁封建王朝的法国资产阶级革命。

不解的乡下人声嘶力竭地高呼：

"共和国万岁！共和国万岁！共和国万岁！"

他激动得差点儿晕过去，紧接着倒在扶手椅里。

那个农夫接着说自己的病情："一开始就好像蚂蚁在我的两条腿上爬。"医生吼道：

"让我安静些吧！我哪有时间管你们的蠢事。共和国宣布成立了，皇帝被俘虏了，法兰西得救了。共和国万岁！"说罢他就一边向门口跑去，一边叫喊着，"塞莱斯特，快来，塞莱斯特！"

女仆吓得连忙跑来；他急急忙忙、嘟嘟哝哝地说：

"我的靴子，我的军刀，我的子弹带，还有放在我床头柜上的西班牙匕首：快！"

可是那农夫很执拗，抓住他住口的片刻，又说起来：

"后来就变成一个个小鼓包，走起路来很痛。"

医生怒不可遏，大喊：

"让我安静些吧，天哪！你们要是勤洗脚，也不会到这个地步。"

接着，他揪住那个农夫的衣领，冲着农夫的脸，训斥道：

"没教养的家伙，你怎么就不理解我们现在是共和国了呢？"

不过，职业感马上让他冷静了下来，他把目瞪口呆的老两口往门外推，连声说：

"明天再来吧，明天再来吧，我的朋友们，我今天实在没有时间。"

他一边把自己从头到脚装备起来，一边向女仆下达一系列新的紧急指令：

"快跑去找皮卡尔中尉和波麦勒少尉，让他们立刻来，我在这儿等他们。然后去找托尔什波夫，叫他带着鼓到我这儿来，快去，快去！"

塞莱斯特一出去，他就开动脑筋，考虑如何克服当前形势中的各种困难。

那三个人一起到了，都穿着干活的衣服。指挥官本以为他们会穿着军装，气得跳了起来：

"见鬼,你们难道什么也不知道?皇帝被俘虏了,共和国宣告成立了。我们必须行动了。我现在的处境很微妙,甚至可以说危险。"

他面对几个部下瞠目结舌的脸思索了几秒钟,然后接着说:

"必须行动了,不能迟疑;在这样的关头,一分钟就等于一个钟头。一切都取决于能否当机立断。你,皮卡尔,去找神父,命令他敲钟召集居民,我要对他们讲话。你,托尔什波夫,去敲鼓通知全镇,泽利赛和萨尔玛尔两个小村子也得跑到,叫民兵们都带着武器到广场集合。你,波麦勒,快去穿军装,有上装和军帽就够了。咱们一起去占领镇政府,勒令德·瓦尔纳托先生向我移交权力。明白了吗?"

"明白了。"

"那就执行,立即执行。波麦勒,既然我们要一起行动,我陪你去你家。"

五分钟以后,指挥官和他的部下就武装到牙齿,出现在广场上。正巧这时,矮小的德·瓦尔纳托子爵,就像要去打猎似的,两腿戴着护腿套,肩上扛着他那支猎枪,从另一条街的路口快步走出来,身后跟着他的三个护卫,全都穿着绿色上装,腰间挂着刀,斜背着猎枪。

医生大吃一惊，停了下来；这当儿，那四个人进了镇政府，关上了大门。

"我们被人家抢了先，"他低声说，"现在只好等待增援。暂时什么也做不成了。"

皮卡尔中尉到了。他说：

"神父拒不服从。他甚至跟执事和侍卫一起，关上大门待在教堂里。"

在广场的另一边，和紧闭着的镇政府的白色楼房遥相呼应，沉寂的黑色教堂炫耀着它那镶有铁饰的橡木大门。

惊奇的市民们把鼻子贴在窗户上，或者走出来站在门口，观望着。这时传来鼓声；托尔什波夫使劲地敲着连击三下的集合鼓走过来，迈着正步穿过广场，然后消失在田间的路上。

指挥官拔出军刀，独自一人向前走，走到敌人

据守的两座建筑物之间各有一半距离的地方，举起这件武器在头上挥舞着，使出全身力气吼叫：

"共和国万岁！处死卖国贼！"

然后，他就撤到他的军官们这边。

惶恐不安的肉铺老板、面包店老板、药房老板，都钩紧了护窗板，关上了店门。只有食品杂货店一家还开着。

这时，民兵队的人逐渐到了。他们穿着各式各样的衣服，不过全都戴一顶有红箍的黑色军帽，军帽代替了这支队伍的全部制服。他们的武器尽是些生了锈的老枪，在厨房的壁炉上面挂了足有三十年，这让他们看上去更像是一队乡警。

等到周围已经集合了三十来人，指挥官就三言两语介绍了情况；然后，他转过身去向他的参谋们说："现在，咱们行动吧。"

居民们在不断聚集；他们一面观察，一面议论着。

医生很快就制订出作战计划：

"皮卡尔中尉，你前进到镇政府的窗户下面，以共和国的名义，命令德·瓦尔纳托先生把镇政府交给我。"

可是中尉，一个泥瓦匠师傅，拒绝道：

"你，你倒真是够鬼的，让我去挨一枪，谢谢啦。你也知道,那里面的人枪法很准。这递口信的差事,你自己去干吧。"

指挥官的脸红了。

"我以纪律的名义命令你去。"

中尉反抗道:

"糊里糊涂去让人打死,我可不干。"

聚拢在附近的一群绅士发出一阵哄笑。其中一个人喊道:

"你说得对,皮卡尔,现在还不是死的时候!"

医生于是喃喃地说了一声:

"一群懦夫!"

说完,他把军刀和手枪交到一个小兵手里,慢慢向前走去,眼睛紧盯着那些窗户,提防着从那里面伸出一支枪筒来对准他。

他走到离镇政府那座房子只有几步远的时候,两端的两所学校的门开了,孩子们像潮水

般涌出来,一边是男孩,一边是女孩①;孩子们在空旷的广场上玩耍起来,像一群小鹅似的,在医生周围叽叽呱呱。医生说话都听不见了。

最后的几个学生出来以后,两所学校的门立刻又关上了。

等孩子们大部分散去,指挥官才大声嚷道:

"德·瓦尔纳托先生在吗?"

二楼的一扇窗户打开,德·瓦尔纳托先生露出身子。

指挥官又说:

"先生,您知道,刚刚发生的重大事件改变了政府的面貌。您代表的政府不存在了。我代表的上台执政了。在这痛苦的但是决定性的情况下,我以新成立的共和国的名义要求您,把前政府委派您的职务交给我。"

德·瓦尔纳托先生回答:

"医生先生,我是卡内维尔的镇长,是由主管机关任命的,只要我没有被我的上级命令撤免和替换,我就依然是卡内维尔镇长。身为镇长,镇政府就是我的家,我一定要留在

---

① 十九世纪的法国,小学分男校与女校。

这儿。想叫我出去，您就试试看。"

说完他又把窗户关上。

指挥官回到自己队伍那儿。不过在向大家发表意见以前，他先把皮卡尔中尉从上到下打量了一番：

"你，你可真有胆量，真勇敢，简直就是军队的耻辱。我撤了你的军职。"

中尉回答：

"我才不在乎呢。"

然后他就走到那群议论纷纷的居民里去。

医生这时很为难。怎么办？发起进攻？他的人会前进吗？再说，他有权这么做吗？

他忽然有了一个主意。他跑到镇政府对面，广场另一边的电报局，发了三封电报：

一封发往巴黎，致共和国政府各位先生；

一封发往鲁昂①，致共和国新任下塞纳省省长先生；

一封致共和国新任的第埃普专区区长先生。

---

① 鲁昂：法国西北部的重要都会，原为诺曼底省省会，现为诺曼底大区首府和滨海塞纳省省会。

他在电报里报告了情况，讲了该镇仍由原保王派镇长把持的危险，表示自己愿竭诚效力，请求下达命令，并且在签名后面加上了他的所有头衔。

接着他又回到他的部队那儿，从衣袋里掏出十个法郎，说："喂，朋友们，你们去吃点什么，喝一杯；这里只要留下一个十人的小分队，不让任何人从镇政府里出来就行了。"

不过，这话让正在和钟表店老板聊天的前中尉皮卡尔听见了；他带着嘲笑的口吻说："瞎说！他们如果出来，倒是进去的好机会。不然，我还真看不出你怎么能进去！"

医生没有理睬，也去吃午饭了。

下午，他在镇子周围布置下岗哨，仿佛面临遭到突然袭击的危险似的。

他从镇政府和教堂门前来回走了好几趟，没有发现任何可疑的地方；这两个建筑物里好像空无一人。

肉铺老板、面包店老板、药房老板又把店门打开了。

居民们在家里喋喋不休地议论着。如果皇帝真的被俘虏了，一定是有人暗中出卖了他。谁也弄不清是哪个共和国回来了。

黑夜降临。

九点钟光景,医生以为他的对头一定回家睡觉了,独自一人,蹑手蹑脚地走到镇政府的大门跟前;他正要用十字镐劈门,一个人,一个护卫,突然从里面大声喝问:

"谁在那儿?"

马萨莱尔先生撒腿就往回跑。

天亮了,情况没有一点变化。

武装的民兵占据着广场。全体居民都聚集在这支队伍周围,等着看事情会怎么解决。附近一些村庄的居民也纷纷赶来看热闹。

医生明白他是在拿自己的名誉冒险,因此他决心无论以何种方式也要结束这件事;他正要采取某种行动,当然是强有力的行动,这时电报局的门开了,女局长的小女佣走出来,手里拿着两份电报。

她先朝指挥官走过来,把其中的一封电报递给他;然后,在众人的注视下,她惶恐地低着头,迈着匆匆的小碎步穿过空荡的广场,上前轻轻敲响了紧关着的镇政府楼房的大门,似乎她不知道带着武器的一方藏在里面。

门开了个缝儿;一只手伸出来接过电报,那小女孩就走回来;让全镇人这么盯着看,她脸涨得通红,几乎要哭了。

医生兴奋得声音有些颤抖,要求大家:

"请大家安静一点,安静一点。"

群众安静下来,他接着骄傲地说:

"这是我收到的政府通知。"

他举起电报,读道:

> 兹解除原镇长职务。请即考虑最紧急之事宜。后续训令即发。
>
> 参事萨潘代表专区区长批阅

他胜利了;他高兴得心怦怦跳,手直抖;但是皮卡尔,他从前的部下,从旁边的一群人里向他叫喊道:

"这一切敢情好;不过要是那些人不出来,您这张纸,屁用也不管。"

马萨莱尔先生的脸顿时煞白。的确,要是那些人不出来,现在就应该勇往直前,这不仅是他的权力,而且是他的义务。

他忧心忡忡地望着镇政府,希望能看到门打开,对手撤出来。

门依然关着。怎么办呢?群众越聚越多,把民兵包围得越来越紧。人们哄笑着。

医生一想到这件事就万分痛苦：如果他发起进攻，他必须走在自己人的前头；如果他死了，一切争执也就不复存在，而德·瓦尔纳托先生和他的三个护卫只会朝他一个人开枪。他们枪法准，很准；皮卡尔刚才还一再提到。不过他突然心生一计，转身对波麦勒说：

"快去找药房老板，请他借给我一块餐巾和一根棍子。"中尉①急忙跑去。

他要做一面要求谈判的旗子，一面看上去也许会让前镇长的保王主义的心舒服一点的白旗②。

波麦勒带着一块白餐巾和一根扫帚杆回来了。马萨莱尔先生两手抓着，有人用一根细绳捆制成了一面旗子。然后马萨莱尔先生就把旗子举在前面，再次向镇政府走去。走到门前，他又呼喊："德·瓦尔纳托先生。"门突然打开，德·瓦尔纳托先生和他的三个护卫出现在门口。

---

① 中尉：小说前文中波麦勒是少尉；从这里起变为中尉，可能是作者疏忽，也可能表示马萨莱尔医生在撤销了不听话的皮卡尔的中尉军衔以后，将听话的波麦勒少尉提升为中尉。
② 白旗：波旁王朝的旗帜为白色。

医生本能地后退了几步；然后，他彬彬有礼地向他的敌手行了个礼，紧张得上气不接下气地说："先生，我来向您通报我收到的训令。"

那位贵族并没有还礼，只是回答："我正要离开，先生；不过您要知道，这不是因为害怕，也不是服从那个窃据了政权的可憎的政府。"然后，他每个字都加重语气地说："我一天也不愿让人看到我似乎在为共和国干事。如此而已。"

马萨莱尔张口结舌，不知道说什么好；德·瓦尔纳托先生快步扬长而去，消失在广场的一角，后面始终跟着他的几个护卫。

医生骄傲得简直要发狂；他向人群走回来。等他走到能让人们听见他说话时，就大声欢呼："乌拉！乌拉！共和国全线胜利啦。"

人群中却没有丝毫激动的表示。

医生接着说："人民自由了，你们自由了，独立了。为此而骄傲吧！"

村民们依然无精打采地看着他，眼里并没有丝毫的光荣感。

现在轮到他打量他们了。他对他们的无动于衷十分气愤，琢磨着说什么可以醍醐灌顶，鼓动起这冷漠的地方民众，完成他的启蒙者的使命。

他突然灵机一动，向波麦勒转过身去："中尉，快去镇议会议事厅找一座前皇帝的半身雕像和一把椅子，一起搬来。"

波麦勒很快就右肩上扛着波拿巴的石膏像，左手里拎着一把麦秸坐垫的椅子回来。

马萨莱尔迎上去，接过椅子，放在地上，把白色半身雕像放在椅子上，然后向后退了几步，用响亮的声音拷问那雕像：

"暴君，暴君，你终于倒了，倒在污泥里，倒在臭水坑里。祖国曾在你的铁蹄下历经磨难，奄奄一息。复仇的命运之神把你打倒了。溃败和耻辱永远和你相连；你作为战败者，普鲁士人的俘虏，倒下了；而在你坍塌的帝国的废墟上，年轻的、光辉的共和国昂然屹立，捡起你折断的宝剑……"

他等待着喝彩。但没有

一个人欢呼，没有一个人鼓掌。惊讶的农民们噤若寒蝉；那座带着两撇超出面颊的尖胡子的雕像，头发梳得像理发店招牌上那样光溜的一动不动的雕像，仿佛含着石膏固定下来的微笑，抹不掉的讥嘲的微笑，看着马萨莱尔先生。

他们就这样面面相觑，拿破仑在他的椅子上，医生站着，离他三步远。指挥官火透了。可是怎么办呢？怎么才能感动民众，最终取得这场舆论的胜利呢？

他的手偶然放到肚子上，触到了红腰带下面的手枪的枪把。

他再也没有什么灵感，再也找不到什么话可说。于是，他拔出手枪，向前走了两步，靠得很近，向从前的君主开了一枪。

子弹在额头上穿出一个小黑洞，像一个小脏点儿似的，几乎看不出来。这一炮没打响。马萨莱尔先生又开了第二枪，穿出第二个洞，接着是第三枪，一枪连一枪，直到把最后三粒子弹也打光了，拿破仑的额头就像白色尘土一样飞散，不过眼睛、鼻子和胡子的细尖儿依然完好无损。

医生气急败坏，一把掀翻椅子，一只脚踩在剩下的那部分雕像上，摆出胜利者的姿态，转身向着被震得昏头昏脑的群众大声喊叫:"让所有卖国贼都这样不得好死!"

可是仍然没有任何热情的表示,观众们都像被惊呆了似的。指挥官便向他的民兵队喊道:"你们现在可以回家了。"说完他自己就像逃跑似的,迈着大步向自己的家走去。

女仆一看见他就告诉他,病人们已经在他的诊室等了三个多钟头了。他急忙跑着进去。那两个患静脉曲张的乡下人天一亮就又来了,他们真是既执着又耐心。

那个年老的农民马上又解释起他的病情来:"一开始就好像有蚂蚁在我两条腿上爬……"

狼 *

＊ 本篇首次发表于一八八二年十一月十四日的《高卢人报》；一八八四年首次收入埃德蒙·莫尼埃出版社出版的莫泊桑小说集《月光》。

下面是在德·拉威尔男爵家的一次圣于贝尔节①的晚宴结束的时候，年迈的德·阿尔维尔侯爵讲给我们听的。

那一天我们捕获了一只鹿，宾客中侯爵是唯一没有参加这场逐猎的人，因为他从来不打猎。

在盛宴的整个过程中，大家几乎只在谈论对动物的大肆屠杀，甚至连女士们也对这些血腥而且经常是神奇的故事兴趣浓厚。讲故事的人比画着人如何进攻野兽，和野兽搏杀，挥动着双臂，声如雷鸣。

德·阿尔维尔先生讲述中带着某种诗意，虽然有点夸张，但是极富效果，讲得很精彩。他想必经常重复这个故

---

① 圣于贝尔节：圣于贝尔是猎人的主保圣人；圣于贝尔节是猎人节，在每年的十一月三日。

事，因为他讲得很流畅，不假思索就能巧妙地选出最恰当的词句，刻画出生动的形象。

先生们，我从来不打猎，我的父亲不打猎，我的祖父不打猎，我的曾祖父也不打猎。我的曾祖父的父亲却是个比你们所有的人都热衷于打猎的人。他死于一七六四年，我跟你们说说他是怎么死的。

他的名字叫让，已婚，有一个儿子，就是我的曾祖父。他和他的弟弟弗朗索瓦·德·阿尔维尔，住在我们家在洛林①的古堡里，那古堡坐落在一个森林中间。

弗朗索瓦·德·阿尔维尔因为热衷打猎，一直是单身汉。

他们俩一年到头都打猎，没有休息，没有停顿，不知疲倦。他们只喜欢这个，别的什么也不懂，只谈这个，只为这个活着。

他们满怀这种激烈的、难以改变的热情。它燃烧他

---

① 洛林：法国东北部的一个地区，包括现在的莫特－莫泽尔、莫泽尔、沃日等省，与比利时、卢森堡和德国接壤。

们，整个儿占有他们，不给其他的东西留下一点位置。

在打猎的事情上，他们不容许别人以任何理由打扰他们。我的曾祖父出生的时候，他父亲正在追逐一只狐狸，让·德·阿尔维尔不但没有停止奔驰，而且咒骂："他妈的，这臭小子本可以等到狐狸被围住以后再来！"

他的弟弟弗朗索瓦表现得比他还要狂热。他一起床就去看狗，然后去看马，然后在古堡周围打鸟，直到出发去猎杀几头大野兽。

本地人称呼他们侯爵老爷和二老爷，因为那时贵族的做法跟眼下这些希望建立递降的爵位制度的投机户贵族不一样，正如将军的儿子不是生来就是上校，侯爵的儿子并非就是伯爵，子爵的儿子也并非就是男爵。不过这种制度倒的确可以满足当今某些人的庸俗的虚荣心。

我还是回过来说我的先人。

看来，他们都身材非常高大，膀大腰圆，汗毛很重，性格暴烈，力大无穷。弟弟比哥哥还要魁伟，他嗓音那么洪亮，据一个他引以为自豪的传说，他大吼一声，森林里的每一片树叶都会颤抖。

看这两个巨人跨上马鞍、骑上他们的高头大马出发去打猎，那场面肯定是无比壮观。

话说一七六四年那年的隆冬，天气特别寒冷，狼也变得很凶残。

它们甚至攻击迟归在外的农民，夜晚在住房周围游荡；它们从日落到日出不停地嗥叫，把牲口棚里的牛羊吃得日见减少。

不久，一个传言不胫而走，说一只巨大的狼，浑身灰毛，几近白色，吃了两个小孩，咬掉一个妇女的胳臂，咬死本地所有的看门狗，还胆大包天地进入各家的围墙，在门底下嗅个不停。所有的居民都言之凿凿，声称感觉到它的呼吸吹得烛光直晃。这传言很快就风闻全省。天一黑就再也没有人敢出门。黑暗中仿佛总闪动着这畜生的身影……

德·阿尔维尔兄弟俩决定找到它，把它杀掉，他们约集本地所有的贵族，举行了几次大规模的捕猎。

但是一无所获。他们徒劳地跑遍森林，在灌木丛里搜寻，总是碰不见那只狼。他们猎杀了几只狼，但不是那一只。而每次围猎以后，接下来的那个夜间，那只野兽，就像成心报复似的，总是在远离人们寻找过它的地方，攻击一个行路人，或者吃掉一头牲畜。

终于，一天夜里，它甚至进入德·阿尔维尔古堡的猪圈，吃掉两头最好看的小猪。

兄弟俩怒不可遏，认为这次攻击是那头怪兽的一次对抗，一次悍然的侮辱，甚至是一次挑战。他们带上所有善于追逐凶兽的最强壮的猎犬，满腔怒火地去追杀。

从黎明直到紫红色的太阳落在光秃秃的大树后面，他们搜遍茂密的树丛，什么也没有找到。

最后他们又气又恼，骑马沿着一条荆棘夹道的小路回家。他们十分惊讶，自信猎术高超，却被这只狼挫败，突然感到一种神秘的恐惧。

哥哥说：

"这个畜生很不一般，仿佛它会像人一样思想。"

弟弟回答：

"也许我们应该带上一颗子弹，请咱们的主教表哥为它祝圣，或者去求哪个教士念几句必要的经。"

接着他们就沉默不语。

过了一会儿，让又说：

"瞧，太阳多红。今天夜里那只大狼又要干一件不幸的事了。"

他还没有说完话，胯下的马突然直立起来，弗朗索瓦的马也尥起蹶子。枯叶覆盖的一片宽阔的荆棘丛在他们眼前劈开，一只巨大的野兽，浑身灰毛，突然冲出来，横穿树林跑掉了。

两兄弟发出一声欢呼，躬身在壮实的马的脖颈上，用他们整个身体的前冲力，驱动它们向前奔驰，鼓舞它们，激励它们，用声音、手势和马刺让它们发狂，那么气势磅礴，看上去就好像力大无穷的骑士们用双腿夹着壮实的坐骑，提着它们飞腾。

他们就这样前进，纵马飞奔，劈开矮树丛，跨越沟壑，攀爬斜坡，跑下洼地，使出全身力气吹响号角，召唤他们的人和猎犬。

可是突然，在奋不顾身的疾驰中，我的先祖的额头撞在一根很粗的树枝上，头骨破裂；他摔下马，直挺挺地倒在地上，死了，而他的发了疯的马还一个劲地往前冲，消失在树木包围的黑暗里。

小德·阿尔维戛然停住，跳下马，把哥哥搂在怀里，只见裂口中流出鲜血和脑浆。

他在尸体旁坐下,把已经面目全非的血淋淋的脑袋放在膝头,一面端详着哥哥那张一丝不动的脸,一边等待。逐渐地,一种从未有过的奇特的恐惧,对阴影的恐惧,对孤独的恐惧,对人迹罕至的树林的恐惧,还有对那只怪异的狼的恐惧,渗透了他的身心。这只狼为了对他们进行报复,刚刚杀死了他的哥哥。

黑暗越来越深重,刺骨的严寒冻得树枝噼啪爆裂。弗朗索瓦颤颤巍巍地站起来;他感到自己几乎就要昏厥了,不能再在那儿久留。他什么也听不见,既听不见狗吠声,也听不见号角声,在模糊不清的视野里,万籁俱寂;寒夜的单调的寂静中,有一种可怕而又奇怪的东西。

他用大手抓住让的硕大身体,先把他立起来,再把他横放在马鞍上,以便把他运回古堡;然后他就

缓缓地走起来,心慌意乱,像喝醉了酒,被一个可怕和出其不意的影子追逐着似的。

突然,夜色逐渐笼罩的小径上闪过一个巨大身影。就是那个畜生。猎人毛骨悚然;一个冰凉的东西,像一滴水,顺着他的脊背一直流到腰间。他就像一个魔鬼附体的修道士,画了一个大十字,那可怕的野兽的突然归来令他惶恐。但是他的目光又落在面前那具已经毫无生机的身体上,恐惧顿时化为愤怒,他气愤得浑身发抖。

于是他用马刺猛刺了一下他的坐骑,向那只狼追去。

他追呀追,越过矮林、溪涧和乔林,穿过他已经认不出来的树林,眼睛紧盯着那个在已经降临大地的黑夜中逃遁的白色斑点。

他的马好像被一股从未有过的力量和热情激励着。它奔驰着,伸长了脖子,奋力向前。横在马鞍上的死者的头和脚,不断碰撞着树干和岩石。荆棘扯掉了头发;巨大的树干击打着额头,溅满鲜血;马刺把树皮撕裂成碎片。

月亮出现在山峰上空的时候,野兽和骑士突然走出了森林,冲进一个小山谷。这小山谷里乱石密布,周围都是巉岩山岗，找不到出口；那只狼走投无路，掉转身来。

弗朗索瓦见状，高兴得大吼一声，回音像雷鸣般震荡。他手执短刀，跳下马。

那野兽浑身的毛都竖了起来，脊背滚圆，等着他；眼睛像两颗星星一样闪亮。不过，在交战以前，力壮身强的猎手把他的哥哥抱起来，让他坐在一块岩石上，用几块石头支撑着他那鲜血淋淋的脑袋，就像对一个聋子说话似的，在他耳边嚷道："看，让，看我怎么收拾它！"

说完，他就向那恶魔猛扑过去。他感到自己是那么强大，可以推倒大山，可以捻碎石块。那野兽想吃他，想挖出他的五脏六腑；但是他掐住了它的脖子，甚至没有使用他的利刃，他掐住它，慢慢地加大

力度,听着它喉咙里的气喘和心脏的跳动渐渐停止。他大笑着,发了疯似的享受着,一面用他可怕的手越掐越紧,一面呐喊着,喜悦得发狂:"看,让,看我怎么收拾它!"狼的身体变得松软,完全停止了抵抗。它死了。

于是弗朗索瓦抱起它,走过去,把它扔到哥哥面前,激动地连声说:"瞧,瞧,瞧,我的小让,它终于死啦。"

接着,他就把两具尸体都放到马鞍上,重新上路。

他回到古堡,又是笑又是哭,就像卡冈都亚①在庞大固埃②出世时一样;他叙述起那野兽的死,一面得意地大笑,一面高兴得跺脚;而说到他哥哥的死,他就痛苦呻吟,直薅自己的胡子。

后来,每当他重述这一天的情景,他总是眼里满含着泪水,说:"可怜的让如果能看到我怎样掐死那个畜生,该多好!我敢肯定,他死了也高兴!"

---

① 卡冈都亚:法国作家弗朗索瓦·拉伯雷(1493—1553)吸收民间和神话因素,结合现实创作的长篇小说《巨人传》的主人公。
② 庞大固埃:《巨人传》的另一个主人公,卡冈都亚的儿子。小说中,巨人卡冈都亚在他的儿子庞大固埃出世时曾经这样说:"哭得像一条母牛,突然间又笑得像一条牛犊。"

我的曾祖父的寡妻,把对狩猎的厌恶灌输给变成孤儿的儿子。这种感情世代相传,一直到我。

德·阿尔维尔侯爵住口了。一个人问:
"这个故事是个传说,对不对?"
讲故事的人回答:
"我向您保证,从头到尾都是真的。"
这时一位女士语调温和地小声说:
"这都无所谓,有这样的激情总是美好的。"

孩子*

* 本篇首次发表于一八八二年七月二十四日的《高卢人报》;一八八四年首次收入埃德蒙·莫尼埃出版社出版的莫泊桑小说集《月光》。

雅克·布尔蒂埃尔在很长时间里赌咒发誓绝不结婚,他却突然改变了主意。这是一个夏天在海滨浴场突然发生的。

一天上午,他正躺在沙滩上,忙着观赏出浴的女人,一只小脚是那么可爱,那么娇巧,吸引了他的注意。他把眼睛往上抬,那整个身体更把他迷住了。而这整个身体,他看到的也仅仅是从穿得严严实实的白色法兰绒浴衣里露出的脚踝和头。人们都说他是个耽于性欲、生活放纵的人。的确,他起初仅仅是被这个人的优美形体吸引,后来才被这年轻姑娘的温柔心灵的魅力征服,她是那么单纯,那么善良,像她的面颊和嘴唇一样清纯。

他被引见给她的家人,他们喜欢他,他也很快就爱得发狂。在漫长的黄色沙滩上,他远远看见贝尔特·拉尼,就浑身上下,直到头发丝都战栗。在她身旁,他更是变得像哑巴一样，什么也说不出，甚至不能思想。他心绪沸腾，耳朵里嗡嗡响，头脑里六神无主。这，莫非就是爱？

他不知道，他什么也不明白，不过他下定决心，无论如何也要让这个女孩成为他的妻子。

可是这年轻人的坏名声却让她的父母心有芥蒂，犹豫了很久。据说他有一个情妇，一个"老情妇"①，一个维持了很久、很亲密的关系，一根他以为割断了、实际上还连着的链条。

此外，他还爱过所有从他的嘴唇够得着的地方经过的女人，虽然时间有长有短。

于是他决心改邪归正，甚至拒绝再和那个跟他生活过很久的女人见面，哪怕是见一面。一个朋友付给那个女人生活费，保证她衣食无虞；钱是雅克付的，但他不愿再听见她说话，甚至声称连她的名字也不知道。她给他写的信，他连拆都不拆。每个星期，他都收到这个被抛弃的女人的字迹笨拙的来信；每个星期，他对她的愤怒都有增无减；他粗暴地撕

---

① "老情妇"：莫泊桑在这里加了引号，显然是借用法国小说家巴尔贝·德·奥尔维利（1808—1889）的长篇小说《老情妇》的书名。

掉这些信封和信纸,甚至都不打开,一行也不读,因为他事先就知道里面包含的责难和怨言。

由于对他改弦易辙的恒心缺乏信心,家长考验了他整整一个冬天,直到春天才接受他的求婚。

五月初,婚礼在巴黎举行。

他们决定了不做传统的蜜月旅行,只举行一次小型舞会,一次只有年轻的表姐妹们参加的小型舞会,而且这舞会也只进行到十一点钟就结束,免得没完没了地延长这一天漫长仪式的疲劳。接着,新婚夫妇就在女方家里共度第一个良宵。然后,第二天一早,他们就单独出发,去他们相识和相爱的亲爱的海滩。

夜晚来临,人们都在大客厅里跳舞,他们俩退到一个日本式的小客厅。这小客厅挂着色彩鲜艳的丝绸帷帐,天花板上悬着的一盏巨大鸡蛋形的彩罩吊灯勉强照着亮,这天晚上光线微弱。窗户半开着,时而有一股户外的凉爽微风吹进来,在脸上掠过阵阵空气的爱抚。夜晚温和而又宁静,充满了春天的气息。

他们什么也不说。他们手握着手,时而使出全部力气紧紧握一握。她两眼蒙眬,在这生活的巨变中有点不知所措。

她面带笑容，但是心潮翻腾，时刻准备着哭，也经常准备着快乐得昏迷，她觉得随着她身上发生的事，整个世界都变了。她惶惶不安，又不知道为什么；她感到一种无法确定的美滋滋的倦意侵入她的整个身体、整个心灵。

他执拗地看着她，痴痴地向她微笑着；他想说话，可又怕找不到适当的话，就待在那儿，把他的全部热情都放在紧握的手上，时不时嗫嚅一句："贝尔特！"每次她都向他抬起眼睛，温情脉脉地看他。他们互相端详了一秒钟；然后，她被他的目光渗透和迷住了，又把目光低下来。

他们没有找到任何思想要交流。人们让他们单独在一起待着。不过，有时一对舞者经过，就像要见证一桩神秘的心照不宣的事情似的，会向他们投来偷偷的一瞥。

一扇侧门开了，一个仆人进来，手里拿着的一个托盘上放着一封紧急的信，是一个信差刚刚送来的。雅克哆嗦着拿起这封信，顿时产生一种隐约的、突如其来的恐惧，对飞来横祸的神秘的恐惧。

他把那个信封看了很久；他不认识上面的字迹。他不敢拆开它，巴不得不读它，不知道它的存在。于是他把它放进衣兜，心想："明天再说。明天，我就远走高飞了，管它去！"但是，信封的一角有两个画了着重线的大字："紧急"，让他欲罢不能，令他恐怖。他问："您允许吗，我的朋友？"然后，撕开黏住的信封，读起来。读着读着，他的脸色变得可怕的苍白，他一口气读完，接着慢慢地，就好像在一个字一个字地拼读。

他抬起头的时候，整个脸都紧张得变了样。他结结巴巴地说："我亲爱的小心肝，我最要好的一个朋友遭到了一件不幸，很大的不幸。这件事生死攸关，他需要立刻……立刻……见我。我能走开二十分钟吗？我马上就回来。"

她吓得发抖，结结巴巴地说："去吧，我的朋友！"她还没有真正成为他的妻子，不敢盘问他，非要知道是怎么回事。他走了。她一个人留下，听着隔壁大厅里跳舞的声音。

他拿起一顶帽子，找到的第一顶帽子，随手抓起一件普通的大衣，就跑下楼梯。就在他要迈到街上的时候，他停在

前厅的煤气灯光下,再一次读那封信:

那信里说:

先生:

一个名叫拉维的姑娘,似乎是您从前的情人,刚刚生下一个孩子,她声称是您的孩子。母亲就要死了,她要求见您。我冒昧地写这封信,请问您是否可以和这个女人见上一面。她看来很不幸,值得同情。

您的仆人
博纳尔医生

当他走进垂死的女人的房间时,她已经奄奄一息。他起初都没有认出她来。医生和两个女护士在照顾她,地上到处散放着装满冰的桶和沾满血迹的布。

洒出来的水几乎把地板都淹了;两支点着的蜡烛放在一个家具上;床后面一个藤编的小摇篮里,婴儿在哭;他每次一啼哭,备受折磨的母亲都试图在敷冰的纱布下哆哆嗦嗦地动一动。

她在流血。她在流血,因为她受了致命的伤。孩子出生了，但是送了她的性命。她的整个生命在流失；虽然敷着冰，虽然有人照料，但是血依然在抑制不住地流，加速着她最后时刻的到来。

她认出了雅克，想抬起胳膊；她不能，因为她是那么虚弱；但在她没有血色的面颊上，泪珠开始滑落。

他在她的床边跪下，抓住她那只耷拉着的手，疯狂地吻着；然后，他一点点挨近她的消瘦的脸，她的脸因为这接触而在战栗。一个女护士手里拿着蜡烛给他们照亮；医生退避几步，在房间的深处看着。

仿佛一个来自遥远地方的声音，她一边喘息着，一边说："我就要死了，我亲爱的；请答应我，在这里待到最后。噢！别现在就离开我，别在这最后的时刻离开我！"

他呜咽着，吻着她的额头，吻着她的头发，小声说："你放心吧，我会留下。"

她是那么气闷和虚弱，在能够再说话以前，她沉默了几分钟，然后才接着说："这个小宝贝，是你的。我在天主面前向你发誓，以我的灵魂发誓，我在临死的时候向你发誓。除了你，我没有爱过别的男人……请你答应我，不会抛弃他。"他试图把这个因分娩而被撕裂、流尽了血的可怜的身体抱在怀里。他后悔和悲伤得发狂："我向你发誓，我一定会把他养大，我一定会疼爱他。他不会离开我。"于是她试图拥吻雅克。她没有力气抬起虚弱的头，只是伸出苍白的嘴唇呼唤着他的吻。他把嘴凑过去，接受这可怜和乞求的温存。

她平静了一点，声音低低地说："把他抱过来，让我看看你是不是爱他。"

他走去抱孩子。

他把孩子轻轻放在她的床上，他们俩中间，小生命停止哭泣了。她小声说："别动！"他不再动。他待在那里，滚烫的手里握着那只被临终的战栗抖动着的手，就像他刚才握着另一只被爱情的战栗痉挛的手一样。他不时地偷偷瞟一下时间，窥伺着指针，它走过午夜十二点钟，然后是一点钟，然后是两点钟。

医生告辞了；两个女护士，脚步轻轻地在房间里忙乎了一阵子，现在坐在椅子上打盹儿。孩子在睡觉。母亲闭着眼睛，似乎也在休息。

灰白的日光从拉拢的窗帘缝隙里溜进来时，她突然伸出两只胳膊，动作是那么猛烈，孩子差一点掉在地上。她喉咙里发出一阵嘶哑的喘气声，然后就仰面一动不动，死了。

护士们赶紧跑上前，说："完了。"

他最后一次看了看他爱过的这个女人；接着，时钟指向四点的时候，他连大衣也忘拿了，只穿着黑色礼服，就抱着孩子逃走。

自从他把她一个人留下，他的年轻妻子就在日式的小客厅里等着他，起初还比较平静。后来，见他总不回来，她便走进大客厅，显出若无其事、十分平静的样子，但心里却非常不安。她的母亲见她一个人，问："你丈夫在哪儿？"她回答："在他的房间里；他就回来。"

过了一个钟头，因为大家都问她，她才说出那封信和雅克神情紧张的情况，生怕发生了一件不幸的事。

他们又继续等。客人们都走了；只有父母和几个至亲留下。半夜十二点钟的时候，人们让哭得浑身发抖的新娘先睡下。她的母亲和两个姑姑坐在她的床周围，沉默而又伤心地听着她哭泣……父亲去了警察局打听消息。

五点钟的时候,一个轻微的响声溜进走道;一扇门开了,又轻轻关上;接着,一声类似猫叫的婴儿的啼声在整座静静的房子里传开。

所有的女人都一跃而起,首先是贝尔特,尽管母亲和姑姑们拦阻,她裹着睡衣就冲出去。

雅克站在他的房间中间,脸色煞白,气喘吁吁,抱着一个孩子。

四个女人惊恐地看着他;但是贝尔特,心里焦急,突然变得勇敢起来,向他跑过去,问:"发生什么事了?说呀,发生什么事了?"

他像疯了一样,用断断续续的声音回答:"有……有……我有一个孩子,他母亲刚才死了……"他把自己不灵活的手里抱着的哭叫的小男孩给她看。

贝尔特一句话也不说,接过孩子,亲吻他,把他紧紧搂在怀里;然后,她抬起满含泪水的眼睛看着丈夫,说:"你说他的母亲死了,是吗?"他回答:"是的,刚才……就死在我怀里……我夏天就已经和她断绝了关系……我什么也不知道……是医生把我叫去的……"

于是贝尔特小声说:"那么,我们来抚养这个小宝贝。"

圣诞节的故事*

* 本篇首次发表于一八八二年十二月二十五日的《高卢人报》；一八八四年首次收入埃德蒙·莫尼埃出版社出版的莫泊桑小说集《月光》。

博纳方医生一边在脑海中搜索，一边反复地念叨："一个圣诞节的记忆？……一个圣诞节的记忆？……"

他忽然大喊：

"啊，有了，我想起了一个，而且还非常离奇；这是一个非常奇特的故事。我看到过一个神迹！是的，太太们，一个神迹，在一个圣诞节之夜。"

听我这么说，你们一定会感到很惊讶；而我呢，其实我并不相信有什么神迹。不过我的确看到过一个神迹！我说我看到过，看到过，就是我亲眼看见，所以叫看到过。

看到那个神迹的时候，我是不是感到很意外呢？并不；因为我虽然对你们的信仰不敢苟同，但是我相信信念，我知道信念可以搬动大山。我可以举出很多这方面例子；不过如果一一列举出来，我怕会引起你们的愤怒，也有可能削弱我的故事的效果。

我首先要向你们承认，我虽然没有被我看到的事情说服，更没有因此而皈依天主，但是我至少被深深地感动了。我这就把这件事原原本本跟你们讲一遍，就像我是个轻信的奥维涅①人一样。

我那时是乡村医生，住在诺曼底腹地的罗勒维尔镇。

那一年冬天冷得厉害。从十一月底开始，先是一个星期的严寒，然后就下起雪来。眼看着滚滚的乌云远远地从北方涌来，大片大片的白色雪花开始纷纷飘落。

一夜的时间，整个平原便被大雪掩埋。

一排排挂着白粉的树帘的后面，正方形的院子里，一座座孤立的农家住宅在厚而轻盈的泡沫覆盖下仿佛已沉沉入睡。

万籁俱寂的乡间，不再有一点声响，只有一群群乌鸦

---

① 奥维涅：法国中央高原中部的一个具有特殊历史文化特点的地区，现为奥维涅 - 罗纳 - 阿尔卑斯大区的一部分。奥维涅地区有包括康塔尔山、多姆山、道尔山在内的欧洲最古老的火山群，也有辽阔的利马涅平原。

在天空描绘出一个个长长的花饰，然后一起冲向苍白的田野，用它们的大喙啄着积雪，徒劳地寻找活命的食物。

除了一直下个不停的大雪的隐隐的坍塌声，什么也听不到。

这场大雪持续了整整一个星期，然后，暴雪停止了，大地披上了一件五尺①厚的大氅。

随后的三个星期，白天，天空像蓝色水晶一样明亮，夜间，满天星斗，像撒满白色的晶体。无垠的空间一片肃杀，笼罩在完整、平实、闪亮的雪毯上。

平原、树篱、榆树围墙，全都像死去了，被寒冷杀死了。无论是人还是牲畜都不到外面去：只有穿上白衬衫的茅屋的烟囱喷出缕缕青烟，直上冰冷的空中，透露出隐藏的生机。

不时地可以听到树的咯吱响声，就好像它们的木头肢体在树皮下绽裂；有时，一个大树枝脱落了，掉下来，那是不可战胜的严寒僵化了它的液汁，折断了它的纤维。

坐落在乡间的人家，现在更像是彼此相距千里。人

---

① 此处指法尺，每法尺等于325毫米。

们勉强地过日子；只有我，尽管时刻有被掩埋在雪坑里的危险，还尝试着去看住得离我最近的几个病人。

我很快就发现一个恐怖的天象盘旋在这地区的上空。出现这样的险象，人们会想，这绝非寻常。有人还声称夜里听见了一些响声，尖锐的尖叫声，阵阵掠过的呐喊声。

这些呐喊声和尖叫声，毫无疑问是来自黄昏时大批迁徙、向南方逃遁的鸟儿。不过您要让发了疯的人接受这理智的解释是不可能的。恐怖已经占据了人们的头脑，他们只等着大祸临头。

瓦迪奈尔大叔的铁匠铺坐落在埃皮旺小村的尽头，现在已经被大雪覆盖、行人绝迹的大路旁。可是，家里的面包吃完了，铁匠决定去村里走一趟。他在村里待了几个钟头，在村子中心的六家店铺里聊天，买面包，打听新闻，也感染了一点正在乡间传播的这种恐怖气氛。

他在天黑之前就开始往回走。

他正沿着树篱往前走，突然好像看见雪地里有一只蛋；是的，一只蛋放在那里，像周围的世界一样雪白。他弯下腰一看，果真是一只蛋。这蛋是从哪里来的呢？

哪只鸡会走出鸡窝,到这儿来下蛋呢?铁匠十分纳闷,莫名其妙;他把蛋捡起来,带给妻子。

"瞧,老婆,我在大路上捡到一只蛋。"

妻子摇摇头:

"在大路上捡到一只蛋?这样的天气,你准是喝醉了吧?"

"真的,老婆,就在一排树篱底下,还是热乎的呢。在这儿,我怕它冻坏了,把它放在胸口。吃晚饭的时候你就把它吃了吧。"

鸡蛋溜到炖着浓汤①的锅里,铁匠又讲起当地人都在传说的事情来。

妻子听着,脸色煞白。

"昨天夜里我真的听到了尖叫声,甚至好像就是从烟囱里传出来的。"

他们开始吃饭,先喝浓汤,丈夫往面包上抹黄油的时候,妻子拿起那只蛋,满腹狐疑地端详了一下。

---

① 浓汤:法国人常做的一种食物,加洋葱、土豆、白菜、面包及肉类等实料熬成的汤。

"这蛋里面不会有什么古怪吧?"

"你这是什么意思?"

"我知道是什么意思?"

"好啦,快把它吃了吧,别犯傻了。"

她剥开那只蛋。它跟所有的蛋一模一样,而且很新鲜。

她虽然有些犹豫,还是开始吃起来,咂摸了一下味道,放下来,又拿起来。丈夫说:

"好啦!这只蛋味道不错吧?"

她没有回答,把蛋吃完了;不料她刚吃完,突然满眼惊恐,像疯狂了似的,直勾勾地盯着她的男人;接着,她举起双手,扭动着两条胳膊,浑身痉挛;然后,她又一面满地打起滚来,一面发出可怕的叫喊声。

她剧烈地抽搐着,可怕地颤抖着,

挣扎了整整一夜，人都变了形。铁匠想摁住她，可是办不到，不得不把她绑起来。

她无休无止地吼叫，力竭声嘶。

"它在我身子里！它在我身子里！"

第二天，我被请了去。所有已知的镇静药我都给她用上了，也没有一点效果。她疯了。

于是，尽管积雪深厚、道路难行，这个消息，这个离奇的消息，还是以令人难以置信的速度从一个农庄传到另一个农庄："铁匠的老婆被魔鬼缠身了！"人们从四面八方赶来，不敢进屋，便远远地听她的可怕的号叫，叫声那么响亮，简直无法相信是人发出的声音。

村里的本堂神父也得知了消息。这是一个年老、憨厚的教士。他穿着法衣赶来了，仿佛是来为一个临终的人行圣事。他举着双手念驱魔经，这时候四个男人控制住在床上口吐白沫、身体扭动的女人。

可是魔鬼并没有被赶走。

圣诞节来了，天气依然寒冷。

圣诞节前一天一大早，神父就来找我。他说：

"今天夜里，我想让这个不幸的女人去望弥撒。天主在他被一个女人生下来的那个时刻,也许会赐给她一个奇迹。"

我回答本堂神父:

"我完全赞成您的想法,神父先生。如果她的精神受到仪式的震撼(没有任何东西更能感动她了),也许用不着吃别的药她就能获救呢。"

老神父低声说:

"您不是教徒,大夫,但您会帮助我的,是不是?您负责把她带来,好吗?"

我答应帮助他。

黄昏来临,接着是黑夜;教堂的钟敲响了,幽怨的钟声穿过阴郁的天空,传遍广阔冰冷的白色雪原。

成群成群穿着黑色服装的人,听从铜钟的响亮召唤,慢步走来。满月用它强烈和洁白的光线照亮整个天际,让田野的淡淡忧伤更加清晰可见。

我找来了四个大汉,一起前往铁匠铺。

魔鬼缠身的女人被绑在床上,不住声地号叫着。尽管她拼命反抗,人们还是迅速地给她换上一身干净衣裳,把她抬走。

教堂里已经坐满了人，灯火通明，但是寒气逼人。圣歌队员发出单调的音符，蛇形风管嗡嗡地轰鸣；唱诗班孩子们的小铃铛响着，调节着信徒们的动作。

我把那个女人和看守们关在教士的厨房里，然后就静待我认为合适的时机。

我选择了领圣体之后的瞬间。男男女女的农民，全都领到了他们天主的圣体，获得了他的宽容。在神父结束他的圣体圣事的过程中，一片肃静。

听到我的命令，门打开了，我的四个助手把疯女人抬出来。

一看到灯光、跪着的人群、灯火辉煌的祭坛和镀金的圣体龛，她便拼命地挣扎起来，几乎逃脱我们的束缚；她发出的尖叫是那么响亮，教堂里所有的人都不禁打了个寒战；人们全都抬起头；一些人抱头逃窜。

她在我们手里痉挛，扭动，面孔歪斜，眼神狂乱，不再有女人的形状。

人们把她拖到祭坛的台阶前，然后使劲摁着她蹲在地上。

神父已经站起来，等着。见她被抓牢不能乱动了，他便两手捧着环绕着金色光芒、中间是白色圣体饼的圣体献供台，向前走了几步，伸长两臂，把献供台举在头顶，呈现到魔鬼缠身的女人的惶恐的目光前。

她依然号叫个不停，眼睛呆滞，目不转睛地看着这个光闪熠熠的目标。

神父纹丝不动，看上去就像一座雕像。

这情景持续了很久很久。

那个女人仿佛非常惊恐，被什么慑服了；她凝视着献供台。她浑身剧烈地颤抖，不过颤抖的时间短暂了；她仍然在叫喊，但是叫喊的声音不那么凄厉了。

这情景又持续了好一会儿。

她的眼睛仿佛被固定在圣体上，再也垂不下来；她不再叫喊，而只是呻吟；她的僵直的身体也变得柔和、松软了。

教堂里的群众全都跪下来,额头着地。

魔鬼缠身的女人忽然把眼皮迅速地垂下,又马上抬起,仿佛承受不了瞻望天主的光芒。她沉默无声了。突然,我发现她的眼睛紧闭不动,她就像梦游者——对不起!——是像被催眠了似的在沉睡。由于久久地注视金光闪闪的献供台,她被征服,被无往不胜的基督击倒了。

神父重新登上祭坛的时候,人们把这个失去知觉的女人抬走了。

在场的人们神魂颠倒,高唱起感恩赞美圣歌。

铁匠的妻子一连睡了四十个小时,然后醒来,可是她既想不起曾经被魔鬼附体,也记不得获得解救这回事。

太太们，这就是我看到的神迹。

博纳方医生不作声了。过了一会儿，他又有些恼火地说："我无法拒绝为这件事情做书面证明。"

奥尔坦丝王后 *

* 本篇首次发表于一八八三年四月二十四日的《吉尔·布拉斯报》,作者署名"莫弗里涅斯";一八八四年首次收入埃德蒙·莫尼埃出版社出版的莫泊桑小说集《月光》。

在阿尔让特侬①，人们都叫她奥尔坦丝王后。从来没有人知道这是为什么。也许因为她说起话来像发号施令的军官那样果断？也许因为她个子大，骨骼粗犷，做事专横？也许因为她统管着鸡、狗、猫、金丝雀、鹦鹉等一大帮臣民，这些老姑娘们都十分宠爱的动物？不过她对这些宠物并不溺爱，没有温柔的言辞，更没有稚气的温存，从女人的嘴唇流到打着呼噜的猫的毛茸茸的身上的那种温存。她威严地管理，像君主般统治。

她也的确是一个老姑娘，那种声音刺耳、表情生硬、似乎心肠也很硬的老姑娘。她绝不容许别人顶嘴、辩解、迟疑、

---

① 阿尔让特侬：巴黎西北面塞纳河畔的一个市镇，今属法兰西岛大区瓦兹河谷省。

马虎、懒惰、厌倦。人们从未听她抱怨过什么，悔恨过什么，也从未见她嫉妒过什么人。她常像宿命论者那样坚信不疑地说："人各有命。"她不去教堂，不喜欢神父，不相信天主，把一切宗教上的事情都叫作"好哭鼻子的人的把戏"。

三十年来她一直住在她那座小房子里，房子前面沿街有一个小花园。她从未改变过自己的习惯，只是她的女佣一到二十一岁，她就毫不留情地把她们换掉。

她养的猫、狗和鸟儿，要是老死或者意外死亡，她就再买些来代替，既不流泪，也不惋惜；她拿一把小铲子，把死掉的动物埋在花园墙边的一个花坛里，堆上一点土，再无动于衷地踩上几脚。

她在本城有几家熟人，男的都是职员，每天去巴黎上班。他们经常会请她晚上去喝杯茶。每次聚会的时候她都必然会睡着，到了该回去的时候还得别人把她叫醒。不管是白天还是夜晚，她出门都不害怕，从来不让人陪伴。她似乎并不喜欢孩子。

她的时间都用在各种各样只有男人才干的活儿上：做细木工啦，打理花园啦，锯木头或者劈木柴啦，修理她的老房子啦，必要的时候甚至连泥水匠的活儿也干。

她有两家亲戚，一家姓希姆，一家姓克隆贝尔，他们每年来看她两次。那是她的两个妹妹，她们一个嫁给了草药商，另一个的丈夫是靠小额年金生活的人。希姆夫妇没有子女；克隆贝尔夫妇有三个孩子，昂利、波丽娜、约瑟夫。昂利二十岁，波丽娜十七岁，约瑟夫才三岁，出生的时候母亲已经到了似乎不能再生育的年龄。

老姑娘和她的这两门亲戚没有任何感情。

一八八二年春天，奥尔坦丝王后突然病倒了。邻居们找来的一位医生，立刻被她撵走。一位神父主动上门，她光着半截身子爬下床，硬把人家推了出去。

小女佣只得含着眼泪给她煮药茶。

在床上躺了三天以后，她的病情变得更重了，那个医生不容商量地又进了她家。隔壁的箍桶匠遵照医生的建议去通知了这两家亲戚。

两家人乘坐同一趟火车在上午十点钟左右到达，克隆贝尔夫妇还带着小儿子约瑟夫。

他们来到花园入口的时候，一眼就看到女佣坐在一张椅子上，背靠着墙，正在哭。

火辣辣的阳光下，一条狗躺在房门旁的擦鞋垫上睡觉；

两只猫分别躺在两个窗台上,伸展开四肢和尾巴,把身体拉得长长的,闭着眼睛,看上去就像两只死猫。

一只肥大的母鸡咯咯地叫着,带着一群小鸡在小花园里散步,小鸡长着棉花般轻盈的黄绒毛。墙上挂着一个大鸟笼,上面覆盖着海绿;笼子里有一群鸟,在这温暖的春晨的阳光下扯着嗓子叫喊。

两只比翼鸟,在另一个形似山区木屋的小笼子里,肩并肩,安安静静地伫立在一根棍子上。

希姆先生身体很肥胖,呼哧带喘,到哪儿都走在第一个,必要的时候还会把别人拨开,不管是男人还是女人;他一边往里走一边问:

"喂!赛莱斯特,情况真的不好吗?"

小女佣含着眼泪,悲伤地说:

"她连我都认不出来了。医生说不行了。"

大家面面相觑。

希姆太太和克隆

贝尔太太匆匆拥抱了一下，一句话也没说。她们长得很像，又总是都戴着平顶无边软帽和红色的披肩，像炽烈的炭火一样鲜红的法国开司米披肩。

希姆向他的连襟转过身去。那是个饱受胃病折磨、面黄肌瘦、没有一点血色的人，而且腿瘸得厉害。希姆语调严肃地对他说：

"哎呀！来得正是时候。"

临终者的卧室就在楼下一层，可是谁都不敢进去。连希姆也退缩了，让别人先走。还是克隆贝尔先生第一个下定决心，他像一根船桅似的一摇一晃地走进去，铁手杖在石板地面上敲得嘎嘎响。

两个女人壮起胆子跟了进去，希姆先生走在最后。

小约瑟夫被那只狗吸引住了，留在外面看狗。

一道阳光把床划分成两截，正好照在两只神经质地摆动、不断张开又合拢的手上。手指头在比画着，好像受到一种思想的支配，好像在说明一些事情，表达一些思想，服从着一种理智。身体的其他部位都在被子下面一动不动。瘦削的脸上没有一丝表情。眼睛始终闭着。

亲戚们围成了半圆，端详起来。他们静默无言，心情紧张，呼吸急促。跟着他们进来的小女佣一直在流眼泪。

最后，希姆问：

"医生究竟是怎么说的？"

女佣结结巴巴地说：

"他说就让她这么安静地躺着吧，已经没有任何办法了。"

不过，老姑娘的嘴唇突然嚅动了起来，好像是在说着无声的话，隐藏在这临终者头脑中的话；她两手奇怪的动作也加快了。

她忽然说话了，微弱得都听不出是她的声音，那声音好像来自遥远的地方，也许是来自这颗始终封闭着的心灵的深处？

希姆觉得这场面太凄惨，蹑手蹑脚地走出去。克隆贝尔那条残废的腿疲倦了，他坐下来。

两个女人依然站着。

现在奥尔坦丝王后急促

地说着话，不过根本不明白她说的是什么意思。她说出一些名字，很多名字，温柔地呼唤着一些想象的人物。

"到这儿来，我的小菲利普，吻吻妈妈。你很爱妈妈，说呀，是不是，我的孩子？你，萝丝，我要出门了，你去看着妹妹。千万别让她一个人待着，听见我的话了吗？我不准你碰火柴。"

她安静了几秒钟，然后又提高了嗓门，就像在呼唤人似的喊道："昂利埃特！"她等了片刻，接着说，"告诉你爸爸，他去上班以前，我有话要跟他说。"接着突然说，"亲爱的，我今天有点儿不舒服；答应我别回来得太晚。你跟你的头儿说我病了。你明白，我病倒在床上，孩子们没人照顾是很危险的。晚餐我给你做甜米饭。孩子们都喜欢吃这个。克莱尔该高兴啦！"

她又笑起来，那笑声那么年轻，那么响亮，好像她从来没笑过似的："你看让，他的脸多滑稽，他涂了满脸的果酱，这个脏小子！你看呀，亲爱的，他多么滑稽！"

克隆贝尔的那条残腿经不起旅途劳累，不停地换着姿势。他低声说：

"她梦见自己有丈夫和几个孩子，这是死亡将近了。"

两个妹妹始终一动不动;她们已经惊讶得目瞪口呆。

小女佣说:

"请把披肩和帽子摘下来吧。请你们到客厅去好吗?"

她们一句话也没说,走了出去。克隆贝尔一瘸一拐地跟在后面,又是临终者一个人留在屋里。

两个女人脱掉旅途穿的外衣,终于坐了下来。这时,一只猫离开了窗台,伸了伸懒腰,跳进客厅,接着又跳到希姆太太的膝盖上。希姆太太抚摸起它来。

听得到垂死者在隔壁说话的声音。在这最后的时刻,她正过着她想必期待已久的生活;在这对她来说一切都将结束的时刻,她正生活在自己的梦想中。

希姆在花园里跟小约瑟夫和那条狗玩得正欢;胖男人到了乡下都这么开心。他已经根本不记得那个垂死的老姑娘。

不过,他突然回到屋里,问小女佣:

"喂,我的姑娘,你该给我们做午饭了。太太们,你们想吃什么?"

最后商定:一个香菜摊鸡蛋,一块牛腩配新鲜土豆,一块奶酪,再加一杯咖啡。

见克隆贝尔太太在口袋里摸钱包,希姆拦住了她,然后转过脸去问小女佣:"你应该有钱吧?"

她回答:"有,先生。"

"有多少?"

"十五法郎。"

"足够了。快去吧,姑娘,我开始有点饿了。"

希姆太太望着窗外沐浴在阳光里的攀缘花木和对面房顶上的两只谈情说爱的鸽子,不禁伤感地说:

"为一件这么可悲的事来,真可惜。今天要是在乡下玩玩才爽呢。"

她妹妹没有回答,只是叹了一口气;克隆贝尔大概是想到玩又得走路,嘟哝着说:

"我这条腿把我折磨得够呛。"

小约瑟夫和那条狗闹得震天响:一个高兴得吱哇叫,另一个声嘶力竭地狂吠,围着三个花坛玩捉迷藏,像两个疯子

似的互相追逐。

垂死的女人在继续呼唤她的孩子们,跟他们每一个人说话,想象着给他们穿衣服,抚爱他们,还教他们念书:"来,西蒙,跟着念:A,B,C,D。念得不对,是这样:D,D,D,听见了吗?那么,再跟着念……"

希姆说:"真有意思,在这种时候说出这样的话。"

克隆贝尔太太于是说:

"也许最好回到她身边去。"

但是希姆马上让她打消这个念头:

"反正您也没有办法改变她的情况,进去也没有什么用。我们在这里也挺好。"

没有人再坚持,希姆太太细心观赏着两只又称比翼鸟的翠绿的鸟儿。她说了几句话,称赞这种鸟的非凡的忠诚,并且责怪男人们不去效仿这些动物。希姆笑了起来,看着他的妻子，用嘲讽的语气低声哼道："哎——哟——哟，哎——哟——哟——哟"，仿佛要让人听出，关于他的忠诚，他希姆有话要说。

这时，克隆贝尔突然一阵胃痉挛，用手杖敲着铺地的石板。

另一只猫也撅着尾巴走进来。

他们一点钟才开始吃饭。

医生曾经嘱咐克隆贝尔，除了上等的波尔多葡萄酒，不要喝别的酒。不过他尝了尝葡萄酒，马上把女佣叫来：

"喂，我的姑娘，酒窖里有没有比这更好的酒？"

"有，先生，有上等葡萄酒，过去先生来的时候，给您喝过的。"

"那就好！你去给我们拿三瓶来。"

他们尝了尝刚拿来的葡萄酒，看来确实非常好；倒不是因为它是什么了不起的名牌，而是已经在地窖里存放了十五年。希姆说："这真正是适合病人喝的葡萄酒。"

克隆贝尔突然产生了拥有这些波尔多葡萄酒的热望，又问女佣：

"还有多少，我的姑娘？"

"哦！几乎全都还在那儿，先生；小姐从来不喝酒。地窖底下有一大堆。"

于是克隆贝尔转过脸去对他的连襟说：

"如果您愿意的话，希姆，我很想拿别的东西换这些葡萄酒。这酒对我的胃非常合适。"

母鸡也带着它那群小鸡进来；两个女人向它们扔面包屑玩。

约瑟夫和狗也都吃够了，就被打发到花园里去。

奥尔坦丝王后始终在说话，不过现在声音低了，已经听不清她说的话。

喝完咖啡以后，大家都过去看病人的情况。她看上去还平静。

他们又走出去，在花园里坐成半圆，消化吃下的食物。

那条狗突然嘴里叼着什么东西，围着椅子飞快地奔跑起来。约瑟夫拼命地跑着追赶它。他和狗都跑进屋子里去。

希姆肚子晒着太阳，睡着了。

垂死的女人高声说起话来，继而又突然大声叫喊起来。

两个女人和克隆贝尔急忙跑进屋，看她怎么了。希姆也醒了，不过他没有离开座位；他不喜欢这种事。

她已经坐了起来，目光惊恐。她的狗为了逃避小约瑟夫的追赶,已经跳上了床,从垂死的女人身上越过去,躲在枕头后面,用闪亮的眼睛看着它的小伙伴,准备着随时再逃。它的嘴里衔着女主人的一只拖鞋;那只拖鞋它玩了已经有一个钟头,早被它的牙齿撕烂了。

男孩看见这个女人突然在他面前坐起来,吓坏了,面对着床呆若木鸡。

已经进到屋里的母鸡受到喧闹声的惊吓,跳到了一张椅子上,绝望地呼唤着它的小鸡们;小鸡们也惊恐万状,在四条椅子腿之间叽叽喳喳地叫着。

奥尔坦丝王后用令人心碎的声音叫喊:"不,不,我不想死,我不想!我不想!谁来抚养我的孩子?谁来照顾他们?谁来爱他们?不,我不想!……我不……"

她仰面倒下。就这么完了。

那条狗深受刺激,在屋子里乱窜乱跳。

克隆贝尔跑到窗口,吆喝他的连襟:"快来,快来,我看她刚刚过去了。"

希姆这才站起来,下了决心,走进卧室,一边喃喃地说:"这倒比我想的还要快。"

宽恕*

＊ 本篇首次发表于一八八二年十月十六日的《高卢人报》；一八八四年首次收入埃德蒙·莫尼埃出版社出版的莫泊桑小说集《月光》。

她生长在这样一种家庭，他们生活在封闭自守的状态，好像总是远离一切。他们对政治上的大事浑然无知，尽管在餐桌上也偶尔提到；不过，政府的更迭发生在那么遥远的地方，遥远得让他们谈起来，就像在谈路易十六①之死或者拿破仑登陆②这样的历史事件。

风俗习惯在改变，风尚旧去新来。在这种平静的家庭里却根本看不出，人们始终遵循着传统的习俗。即便附近发生了什么伤风败俗的事，丑闻也在他们家的门外止步。只有父

---

① 路易十六：本名路易·奥古斯特·德·法兰西（1754—1793），法国国王，一七七四年至一七九三年在位。一七九三年一月二十一日被处死于巴黎，是法国波旁旧王朝的最后一个国王。
② 拿破仑登陆：指法兰西第一帝国灭亡后被流放在厄尔巴岛的拿破仑，于一八一五年二月二十六日逃离厄尔巴岛，三月一日在儒昂港登陆，重返巴黎，建立百日帝政这一历史事件。

亲和母亲，傍晚的时候说上几句，而且还压低了声音，因为到处都可能隔墙有耳。父亲小心翼翼地说：

"你听说利瓦尔家发生的那件可怕的事了吗？"

母亲回答：

"谁能想到会有这种事呢？这太可怕了。"

孩子们没有起一点疑心，他们就这样进入轮到他们生活的年龄，眼睛和头脑都蒙着一个布带，不了解人生的底细；不知道世人不但心口不一，而且言行不一；不知道必须和所有的人战斗，即使和平相处也要做好戒备；也想不到单纯会经常被人欺骗，诚实会经常被人玩弄，善良会经常被人欺凌。

一些人至死都处在这种盲目的诚实、正直、仁义之中，他们是那么正派，什么都不能让他们睁开眼睛。

另有一些人，他们看出了世态的丑恶，但并不是很明白其中的缘由；他们惊慌失措，灰心绝望，踉跄一生，临死还自以为不过是特殊厄运的玩偶，飞来横祸和个别恶人的不幸的受害者。

萨维尼奥尔夫妇在女儿贝尔特十八岁时就为她成了婚。她嫁给了一个巴黎的年轻人，在证券交易所从业的乔治·巴隆。这是个漂亮小伙子，谈吐文雅，诚实的外表应有尽有；

可是在内心深处,他却瞧不起落后于时代的岳父母。跟朋友们提起他们来,总称他们为"我亲爱的老顽固"。

他出身于名门望族;年轻的女孩家境殷实。他带着她去巴黎生活。

她成了在巴黎的外省女人中的一员,这批人为数甚多。她对这个大城市,对它的风雅习尚、它的娱乐、它的时装,始终浑如隔世,就像过去她对生活、对它的奸诈和诡秘一无所知一样。

她闭门守舍,只知道门前的那条街;她偶尔大着胆子去另一个街区,就好像去一个陌生的异邦城市做了一次长途旅行。晚上她会对丈夫说:

"今天,我走过林荫大道①。"

她丈夫每年带她上两三次剧院。那就像盛大的节日一样,再也不会从她的记忆中消失,她会经常地念叨。

有时,看了一场戏已经过了三个月,她还会在饭桌上突然放声大笑,嚷道:

---

① 林荫大道:指巴黎市内从巴士底广场到玛德莱娜广场的几条连续的林荫大道,十九世纪末是巴黎最时尚和繁华的地带。

"你还记得那个穿将军服、学公鸡叫的演员吗？"

她的全部交往仅限于两个有姻亲关系的家庭；对她来说，他们就代表了全人类。她提到他们时，总是在他们的姓氏后面加上"一家"两字——马尔蒂奈一家和米什兰一家。

她的丈夫过着自行其是的生活，爱什么时候回家就什么时候，有时天都亮了才回来，借口工作忙，毫不感到为难，因为他肯定这颗天真的心永远不会对他有一丝怀疑。

可是一天上午她收到一封匿名信。

她被吓呆了。她的心太正直，不懂得这些揭发是卑鄙的，不必理会，尽管写信人声称是为她的名誉着想，是出于对恶行的仇恨和对真理的热爱。

这封信向她揭露，她的丈夫有外遇已经两年了，情妇是年轻的寡妇罗塞太太，他每天晚上都是在她家里过的。

她既不会装假也不会隐藏，既不会窥伺也不会盯梢。等他回家吃午饭的时候，她啜泣着把这封信扔给他，就逃进自己的卧室。

他不慌不忙地弄清了发生的事，并且准备好了他的解答，然后便走去敲妻子的房门。她马上开了门，连看都不敢看他一眼。丈夫微笑着坐下，把她拉过来坐在腿上，然后用温柔而又有点嘲弄的语气说：

"我的小娇娇，我的确有个叫罗塞太太的朋友，我认识她有十年了，我的确很喜欢她。我还要说我认识其他二十家人，我也从来没有跟你说过，因为我知道你对于社交、聚会和结识新朋友不感兴趣。不过，为了一劳永逸地结束这种卑鄙的诬告，我求你吃完午饭以后换一身好衣服，咱们去拜访这个年轻女人；我毫不怀疑，她会成为你的朋友。"

她紧紧地拥抱丈夫；而且，女人的好奇心一旦觉醒就再也不会沉睡，她丝毫也不拒绝去看看这个陌生的女人；无论如何，她对这个女人依然有一点怀疑。她本能地感觉到，一个已知的危险只不过是大抵排除。

她走进一个套房，房子不大，但是雅致温馨，放满了小摆设，装饰得很

艺术，在一座漂亮的楼房的五楼。客厅因为有一些挂毯、门帘、褶皱有致的窗帘而显得有些昏暗。在客厅里等候了五分钟以后，一扇门开了，一位少妇走出来。她个子矮小，深棕色头发，稍显肥胖。她尽管有些惊讶，但还是笑容可掬。

乔治给她们作了介绍。

"我妻子；朱莉·罗塞太太。"

年轻的寡妇惊喜地叫了一声，张开两臂跑了过来。她说她完全没有想到会有这个荣幸，因为她知道巴隆太太不见任何人；所以她是那么高兴，那么高兴！她很喜欢乔治（她像兄妹间一样亲热地直呼乔治）！她早就渴望着认识他的年轻妻子，也希望能喜欢她。

一个月以后，两个新朋友已经难分难舍了。她们每天都见面，甚至经常一天见两次；每天都在一起吃晚饭，有时在这一家，有时在那一家。乔治再也不出去了，再也不说工作忙了，反而说他最爱壁炉旁他那个温暖的角落。

后来，罗塞太太住的那座楼里有一套房子空出来，巴隆太太赶紧租了下来，好住得离她的朋友更近些，两人能更经常地相聚。

在整整两年的时间里，她们的友谊没有出现一丝疑云，堪称是绝对的、体贴的、诚挚的、美好的心领神会的友谊。贝尔特几乎说什么都要提到朱莉,在她看来朱莉简直成了完美的化身。

她感到非常幸福,一种尽善尽美、安宁而又甜蜜的幸福。

可惜有一天罗塞太太病倒了。贝尔特再也不离开她。她整夜整夜守护她,忧戚难眠;她的丈夫也悲恸欲绝。

一天上午,医生看过病人以后走出来的时候,把乔治和他的妻子叫到一旁,对他们说,他认为他们的朋友病情非常严重。

医生走后,年轻夫妇惊呆了,他们先是坐下来,面面相觑,接着突然抱头痛哭。从此他们一起通宵守候在病床前;贝尔特更是时不时温柔地拥抱一下病人,而乔治站在床脚,一直深深关切地默默注视着她。

第二天,她的病情更重了。

可是将近傍晚,她说她感觉好些了,逼着他们下楼到自己家去吃晚饭。

他们回到自己家,坐在饭厅里,忧心忡忡,几乎吃不下饭。这时,女佣递给乔治一封信。他打开信,读着,顿时面无血色,站起身,神态奇怪地对妻子说:"你等着我,我得出去一会儿,过十分钟就回来。你千万别出去。"

说完,他就跑到自己的房间去拿帽子。

贝尔特一边等,一边因为又多了一件心事而焦急不安。但是她在一切事情上都是很听话的,她绝不愿在丈夫回来以前上楼去女友家看看。

丈夫总不回来,她忽然想到去他房间看看,看他是不是把手套带走了,如果带走了,那就说明他应该是去了什么地方。

她一眼就看见了那副手套。一张揉搓过的纸扔在手套旁边。

她马上就认出,那是女佣刚才交给乔治的信。

她突然产生了一个强烈的欲望,这还是她平生第一次有这种欲望:看看信上写的什么,了解一下发生了什么事。她的良心不愿这么做,在挣扎,但是她的被激发起来的痛苦的好奇心却推动着她的手。她拿起那张纸,摊开来,立刻认出了上面的笔迹,那是朱莉的笔迹,铅笔写的颤巍巍的笔迹。她看到上面写着:"请你一个人来拥吻我,我可怜的朋友,我就要死了。"

她起初还不明白是怎么回事,傻乎乎地待在那里,死亡这个概念给她的震动太大了。接着,突然,"你"的称呼惊醒了她的思想;像一道强烈的闪电,一下子照亮了她的生活,向她揭示了全部可耻的真相,他们所有的背叛和所有的阴险奸诈。她明白了他们长久以来的诡计,他们的目光,她的善良被戏弄,她的信任被欺骗。她仿佛又看到了晚上他们脸对脸坐在台灯下,阅读同一本书,读完一页就互相眉目传情。

她的怒不可遏、痛不欲生的心,坠入了无限绝望的深渊。

脚步声响起;她连忙逃进自己的房间,把自己关在里面。

她丈夫很快就来叫她。

"快来,罗塞太太快死了。"

贝尔特走出房门,嘴唇颤抖着:

"您一个人回到她那儿去吧,她不需要我。"

他已经悲伤得昏了头,气急败坏地看着她。

"快,快,罗塞太太就要死了。"

贝尔特回答:

"您也许但愿是我死呢。"

也许这时他才明白,于是他走了,上楼到将死的人身旁去了。

他毫不掩饰、毫不害羞地为她哭泣,对妻子的痛苦无动于衷；贝尔特呢，不再跟他说话，也不再看他一眼，独自一人生活在厌恶和愤懑之中，从早到晚地向天主祈祷。

不过他们还住在一起，吃饭时脸对脸坐着，哑口无言，已经心灰意冷。

后来他的心情逐渐平静了下来；但是她却丝毫也不宽恕他。

生活继续着。这样的生活对两个人来说都很痛苦。

在一年的时间里，他们形同陌路。贝尔特几乎要疯了。

后来有一天，贝尔特天刚亮就出门，上午八点多才回来，两手捧着很大的一束玫瑰花，一束白色的、雪白的玫瑰花。

她让女佣告诉她丈夫，她要跟他说话。

他来了，惴惴不安，神色慌乱。

"咱们一块儿出去走走，"她对他说，"你拿着这束花；太重了，我拿不动。"

他接过花束，跟在妻子后面。一辆马车已经在等着他们，他们一上去，车就出发了。

马车在墓地的铁栅栏门前停下。这时，眼里已经满含泪水的贝尔特对乔治说：

"带我到她的墓前去。"

他有些惊惶不安，不明白她要做什么；他走在前面引路，怀里始终抱着那束花。最后他在一座白色大理石的墓碑前停下，一言不发地指了指。

于是她接过那个大花束，跪下来，把它摆放在墓的脚下。然后她屏息凝神，带着祈求的神情一人默默祷告！

她的丈夫站在她身后，往事萦怀，潸然泪下。

她站起来，向他伸出双手，说：

"如果您愿意的话，让我们和好吧。"

圣米歇尔山的传说 *

* 本篇首次发表于一八八二年十二月十九日的《吉尔·布拉斯报》，作者署名"莫弗里涅斯"；一八八四年首次收入埃德蒙·莫尼埃出版社出版的莫泊桑小说集《月光》。圣米歇尔山是法国市镇，一个岩石小岛，位于诺曼底地区芒什省，大西洋芒什海峡的圣米歇尔海湾；环岛为沙地，落潮时部分露出水面与陆地连通。地名来自其主保圣人圣米歇尔。岛上有许多精美建筑，尤以山顶本笃会教堂和修道院著称，是法国最著名的宗教朝圣地和旅游胜地之一。

这矗立在大海中的仙境般的古堡，我首先是从康卡尔①方向看它的。我看到的它，若隐若现，像高耸在雾蒙蒙的天空的灰色的影子。

太阳西沉的时候，我又从阿弗朗什②方向看它。无垠的沙滩是红色的，天际是红色的，整个辽阔的海湾都是红色的；只有这高耸的修道院，停留在晚霞中，几乎是黑色的。它被海水推到那里，远离陆地，像一座神奇的小城堡，像梦幻中的宫殿那样令人惊叹，奇特、美丽得让人叹为观止。

第二天一早，我就踏着黄沙向它走去，眼睛向着这像高

---

① 康卡尔：法国市镇，在今布列塔尼大区的伊勒－维莱纳省，位于圣米歇尔山以东约二十五公里。
② 阿弗朗什：法国市镇，在今诺曼底大区的芒什省，位于圣米歇尔山以西偏北约十三公里。

山一样雄伟、浮雕玛瑙一样精美、平纹细纱一样轻盈的巨大的瑰宝。我越走近它，越感到对它的崇敬之情有增无减，因为世界上也许再也没有什么比它更惊人、更完美的了。

我信步游逛，穿过或细或粗的石柱支撑着的大厅，穿过岩石里凿成的带采光窗的走廊，抬起惊奇的眼睛，仰望着那些像火箭一样直冲天空的小尖塔、令人难以置信的交相辉映的墙角塔、檐槽喷口和精致优美的装饰。面对着石头的烟花、花岗岩的刺绣、宏伟而又精巧的建筑杰作，我赞叹不已，仿佛发现了一个真正的神仙的居所。

我正看得出神，一个下诺曼底①的农民走到我面前，向我叙述起圣米歇尔和魔鬼的那番激烈交锋的故事。

一位天才的无神论者说过："上帝按照自己的形象造人，但是人也按照自己的形象造上帝。"②

这句话是永恒的真理。如果每个大洲都把本地神祇的历

---

① 下诺曼底：原法国西北部的一个行政区，包括卡尔瓦多斯、芒什、奥恩三个省。下诺曼底和上诺曼底（包括滨海塞纳、厄尔两省）现已合并为诺曼底大区。
② 见法国启蒙运动思想家伏尔泰（1694—1778）的《蠢话录》。基督教《圣经》在《创世记》中说"上帝按照自己的形象造人"。伏尔泰的这句话与之针锋相对。

史写出来，我们每个省都把各自的主保圣人的历史写出来，那一定非常有趣。黑人有残忍的吃人的偶像；一夫多妻的伊斯兰教徒让他们的乐园里住满女人；希腊人崇尚实际，各种爱好都被神化。

法国的每一个村庄都有一个主保圣人保佑，而这个圣人依据居民的面貌而改变。

就这样，圣米歇尔守护着下诺曼底，圣米歇尔，这光荣和胜利的天使，佩剑骑士①，天上的英雄，无往不胜者，撒旦②的征服者。

不过，狡黠、奸诈、阴险、爱找碴的下诺曼底人，理解和讲述的伟大的圣米歇尔和魔鬼之间的斗争，是这样的：

为了躲避他的邻居魔鬼的恶意的举动，圣米歇尔亲手在大西洋上建造了这座足可配得上大天使尊严的住宅；实际上，也只有一个这样的圣人，才能为自己创造出一个类似这样的住所。

但是他仍旧害怕魔鬼接近，他用比大海还要凶险的流沙

---

① 佩剑骑士：一二〇二年成立的基督教佩剑骑士团的成员。
② 撒旦：基督教《圣经》中的魔王。

把自己的领地围绕起来。

魔鬼住在海岸上的一座简陋的茅屋里；但是他拥有含盐分的水沐浴着的草场，生长出最沉实的庄稼的美丽肥沃的农田，富饶的河谷和整个地区多产的坡地；而圣人只统治着沙地。以至于撒旦很富有，圣人却像乞丐一样贫穷。

圣人忍饥挨饿了几年，厌倦了这种情况，想跟魔鬼和解；但这事情却不那么容易，撒旦坚持拥有自己的成果。

圣人思考了半年；一天早上，他前往陆地。魔鬼正在家门前喝浓汤，远远看见圣人，连忙迎上来，吻他的袖口，请他进屋，献上清凉饮料。

圣米歇尔喝了一大碗牛奶，然后说：

"我来向你建议一笔好买卖。"

魔鬼很天真，一点也没有怀疑，回答："好呀。"

"是这样的：你把你的土地都让给我。"

魔鬼不解，正要说话：

"不过……"

圣人又说：

"你先听着。你把你的土地全让给我。我负责打理、劳作、犁地、播种、施肥，总之一切我都管，收成我们对半分。怎么样？"

魔鬼天生就懒惰，接受了。

他只要求再加几条鲜美的羊鱼，这种羊鱼在那座孤山的周围可以捕到。圣米歇尔答应给他鱼。

于是他们互相击掌，各向旁边吐唾沫，表示成交。圣人又补充道：

"瞧，我可不希望你将来埋怨我。收成中的地面上的部分和留在地底下的部分，你要哪一部分，随你选。"

魔鬼大叫：

"我拿地面上的那一部分。"

圣人说：

"就这么定。"

说完就走了。

可是，半年以后，在魔鬼的广阔领地里，只看见胡萝卜、芜菁、洋葱、婆罗门参，所有这些大根茎植物，长得又肥壮又甜美，而它们的叶子毫无价值，最多只能用来喂牲口。

魔鬼一无所获，想中断合同；他大骂圣米歇尔是"坏蛋"。

可是圣人已经爱好上种地；他又回来找魔鬼：

"我向你保证，我根本没想到会这样；事情到了这种地步，不是我的错。为了补偿你的损失，我建议你今年收获全部地底下的收成。"

"我看行。"魔鬼说。

来年春天，恶的精灵的土地上长满了粗壮茂密的麦子、小钟楼一样肥胖的燕麦、亚麻、繁盛的油菜、红红的苜蓿、豌豆、卷心菜、菜蓟，全都是在阳光下开花结实的植物。

魔鬼又一无所

获,非常生气。

他收回了草场和耕地,对邻居提出的新建议,一概不理。

整整一年过去了。圣米歇尔从他高高在上的孤独的小城堡望着远处肥沃的土地,看见魔鬼正在指挥各种劳作,收麦子,打谷子。他恼火极了,对自己的无能十分气愤。既然再也没法欺骗撒旦,那就撕破脸皮进行报复。他去邀请魔鬼下星期一来吃晚饭。

"你对我们的交易不满意,"他说,"我知道;但是我不希望我们之间留下冤仇,我打算请你到我家吃晚饭。我要请你吃许多好东西。"

魔鬼又懒惰又嘴馋,立刻接受了。到了约定的日子,他穿上最漂亮的衣裳,上山了。

圣米歇尔请他在一张非常华丽的桌子旁坐下。先给他端上一个填满鸡冠和鸡腰子肉馅的酥油糕和几个小红肠肉丸子,接着是两条很大的奶油羊鱼,再接着是一只塞满酒渍栗子的白火鸡,后来是一只像蛋糕一样鲜嫩的滨海牧场羊腿,再后来是入口就化的蔬菜和一个散发着黄油香味的热乎乎的美味烘饼。

他们喝泛泡沫的甜味纯苹果酒,还有上头的红葡萄酒;

每道菜之间,还要喝点陈年苹果烧酒。

魔鬼敞开地吃呀喝呀,像个饭桶,最后吃得满肚子胀气,忍不住了。

圣米歇尔火冒三丈,凶神恶煞般地拍案而起,用雷鸣般的嗓音大吼:

"当着我的面!当着我的面,你这个坏蛋!你居然敢……当着我的面!……"

魔鬼惊慌失措,连忙逃跑;圣人抄起一根棍子,紧追不舍。

他们跑过一个个低矮的大厅,围着一根根石柱转,爬过一道道架空楼梯,沿着挑檐飞奔,从一个檐槽喷口跳到另一个檐槽喷口。可怜的魔鬼,痛苦万分,一边逃跑,一边玷污圣人的住所。他终于跑到最后的也是最高处的一个平台上,从那里可以看到辽阔的海湾、遥远的城市、沙滩和牧场。他无路可逃了;圣人朝他的背上猛踢了一脚,把他像射

出的炮弹一样踢向空中。

魔鬼像标枪一样在天空飞逋，最后重重地跌落在莫尔坦①城前。他额头上的两只角和他四肢的爪子都深深扎进岩石里，岩石至今还保留着撒旦这次坠落的痕迹。

魔鬼站起来，但是他的腿已经瘸了，从此终身残疾。遥望那决定他命运的山，在夕阳中像一座巍峨的峰峦傲然挺立，他终于明白：在这场力量悬殊的斗争中，他永远是失败者；便拖着一拐一瘸的腿向遥远的地方走去，把他的农田、坡地、河谷和草场统统放弃给他的敌人。

圣米歇尔，诺曼底人的主保圣人，就是这样战胜魔鬼的。

另一个民族所想象的这场战斗也许大不一样。

---

① 莫尔坦：法国市镇，在今诺曼底大区芒什省，位于圣米歇尔山以西约五十一公里。

一个寡妇*

* 本篇首次发表于一八八二年九月一日的《高卢人报》；一八八四年首次收入埃德蒙·莫尼埃出版社出版的莫泊桑小说集《月光》。

那是在狩猎的季节，地点在巴纳维尔堡。那个秋季阴雨连绵，萧瑟凄凉。红叶不像往年那样在脚下咔嚓作响，而是在倾盆大雨下的车辙里腐烂。

树叶几乎已经落光的森林，像澡堂一样潮湿。走进去，在暴雨鞭打着的树下，发霉的气味，落下的雨水、泡在水中的草、浸湿的泥土散发出的水汽，顿时会把你包围。猎人们在持续不断的大雨中佝偻着身子；猎犬都无精打采，耷拉着尾巴，毛粘在两肋上；年轻女猎手们的呢套装被雨水湿透，紧贴着皮肉。每天晚上回家时，人们都身心俱疲。

吃过晚饭，大家在大客厅里无情无绪地玩罗多①。风冲击着百叶窗发出轰隆的响声，吹得古老的风标像陀螺般旋

---

① 罗多：一种摸子儿填格的游戏。

转。这时候人们更愿意讲故事，就像书里常说的那样；可是谁也编不出有趣的故事来。猎人们讲的无非是猎枪走火的意外事故以及如何猎杀野兔，女士们挖空了脑袋也找不到山鲁佐德①那样的想象力。

就在人们要放弃这种消遣的时候，一个正在漫不经心地玩弄着未婚老姑姑的手的年轻女士，发现那只手上戴着一枚用金黄色头发做成的小戒指，这戒指她以前也经常看到，但是从未引起过她的思索。

于是，她轻轻转动着老姑姑手指上的这枚戒指，问道："哎，姑姑，这枚戒指是怎么回事？像是孩子的头发……"老姑娘的脸一下子红了，继而又变得煞白。然后，她激动得声音颤抖地说："这件事是那么悲惨，那么悲惨，所以我从来也不愿意谈起。我一生的不幸都由此而来。我那时还很年轻。这件往事对我来说是那么痛苦，每次想起来我都忍不住要哭。"

大家都想马上听听这个故事，但是姑姑不愿意讲；经不

---

① 山鲁佐德：阿拉伯民间故事《一千零一夜》中宰相的女儿。她以丰富的想象力讲了一千零一夜的故事，以感化专杀少女的国王。

住大家一再恳求,她终于答应了。

你们经常听我谈起桑泰兹这个家族,这个家族今天已经湮灭了。我认识这个家族的最后三个男人。他们三个人死的方式都一样;这是最年轻的一个的头发。他为了我而自杀的时候才十三岁。这在你们看来很怪诞,是不是?

啊!这真是一个奇特的家族。都是些疯子!如果你们爱这么说就这么说吧,不过这是些可爱的疯子,因爱而疯狂的疯子。他们家所有的男人,从父亲到儿子,都充满强烈的激情,全身心的巨大冲动驱使他们做出最异乎寻常的事,表现出狂热献身的精神,甚至干下犯罪的事。这是他们身上固有的,正如热烈的信仰是某些人的灵魂里固有的一样。苦修会修士和经常出入沙龙的人的本性就不一样。亲属中的人们常说:"多情得像个桑泰兹。"只要看看他们,就能猜出这一点。他们都是一头鬈发低垂在前额,胡子卷曲,眼睛很大很大,目光能深入你的心房,搅得你莫名其妙地心慌意乱。

关于他的祖父,唯一的记忆是:此人在经历过很多艳遇、决斗和诱拐妇女事件以后，在六十五岁那年热恋上他的一个佃农的女儿。这两个人我都见过。那女孩子头发金黄，脸儿白皙，气质文静，说话慢条斯理，声音和婉，目光温柔，温柔得像一个圣母。老领主把她弄到家里，很快就被她迷住了，一分钟也离不开她。女儿和儿媳都住在这座古堡里，她们认为这十分自然，因为爱情在这个家族里已经成为传统。只要是有关情欲，没有任何事能让她们大惊小怪；如果有人在她们面前谈到受挫折的爱情、反目的情人，甚至是遭到背叛后的报复，她们俩都会用难过的语调说："啊！他（或者她）一定受过很多苦才会这样！"不再说别的。她们对爱情悲剧深表同情，即便是对制造悲剧的罪人，也绝不会义愤填膺。

有一年秋季，德·格拉奈尔先生，一个应邀来打猎的年轻人，拐走了那个年轻姑娘。

德·桑泰兹先生不动声色，就好像什么事也没发生；可是，一天早上，人们发现他吊死在狗窝里，在他的猎狗中间。

他的儿子和他死的方式一样：他在一八四一年的一次旅行期间，受了歌剧院一个女歌手的欺骗，因而在巴黎一家旅馆里自缢身亡。

他留下一个十二岁的儿子和一个寡妇，就是我母亲的妹妹。她带着小男孩到我父亲在贝尔蒂雍的庄园来住。我那时十七岁。

你们想象不到这个小桑泰兹是个多么令人惊讶和早熟的孩子。仿佛他那个家族多情的禀赋和冲动的天性全部都传到他这个末代子孙身上了。他总爱沉思冥想，独自一人一连几个钟头在古堡到树林的一条榆树夹道的小路上散步。我从自己的窗口看着这个多愁善感的小男孩，两手抄在背后，低着脑袋，迈着沉重的步子；他有时停下来，抬起眼睛，就好像看见了、明白了，甚至感受到了一些绝非他这个年龄的孩子该懂的事。

晚饭以后，如果夜色明亮，他经常会对我说："咱们去做做梦，表姐……"我们就一块儿去花园。他突然在林中的一片开阔地前面停下来。地上浮动着一层白色的雾气，那是月亮给林中空地披上的棉絮。他紧握着我的手，说："瞧这个呀，瞧这个呀。不过你不理解我，我感觉得到。如果你理解我，我们一定会非常幸福。可是必须爱才能了解。"我哈哈大笑，拥吻了他一下。这个小家伙，居然爱我爱得要死。

晚饭以后，他也经常走过去坐在我母亲的腿上，对她说："哎，姨妈，给我们讲几个爱情故事吧。"我母亲就说笑似的把他的家庭的各种传说、他的父辈们的各种热烈的爱情故事讲给他听；因为人们提到的这些传说和故事真真假假，数以千计。这些男人，是他们的声誉毁了他们；他们容易冲动，还以维持家族的这种声誉、让它名不虚传为荣。

小家伙听了这些情意绵绵或者残忍可怕的故事非常兴奋，有时还拍着手连声说："我也是，我也是，我比他们所有的人都更懂得爱情！"

从此他就追求起我来。那是一种既腼腆又深情的追求,好玩极了,让人忍俊不禁。每天早上,我都能收到他采摘的鲜花;每天晚上,上楼回他的房间以前,他都会吻着我的手,轻声说:"我爱你!"

我有罪,罪孽深重;我现在还经常为这件事哭泣,并且一生都在为此惩罚自己;我始终是个老姑娘——不,更准确地说,我始终是个未婚的寡妇,他的寡妇。我曾经拿这种稚气的感情取乐,我甚至助长了这种感情;我那时娇艳妩媚,很迷人,像跟一个成年男子那样,对他温存而又轻浮。我让这个孩子神魂颠倒了。对我来说这是一种游戏,对他的母亲和我的母亲来说这是一种愉快的消遣。他才十二岁! 你们想想看! 谁也不会把这种小孩子的感情当真! 他要我拥吻他,我就拥吻他;我甚至还给他写过一些情书,两个人的母亲都可以读到;他给我回了一些信,火一般热情沸腾的信,我保存至今。他自以为已经是个大人,认为我们之间的亲密感情应该是秘密的。我们当时都忘了,他是桑泰兹家的一员!

这样过了差不多一年。一天晚上,在花园里,他突然跪在我的膝前,冲动得发狂地吻着我的连衣裙的下摆,连声说:"我爱你,我爱你,我爱死你了。听

着，如果有一天你欺骗了我，如果有一天你抛弃了我，跟了别人，我就会像我父亲那样做……"他又用深沉的、令人不寒而栗的声音说，"你知道他是怎么做的！"

我还在发愣，他站了起来，因为我比他高，他踮起脚对着我的耳朵，节奏婉转地呼着我的名字，我的小名："热纳维耶芙！"声音是那么温柔，那么悦耳，那么甜美，我从头到脚打了一个寒战。

我结结巴巴地说："咱们回去吧，回去吧！"他不再说话，跟着我往回走；不过，当我们登上台阶时，他让我停下："你要知道，如果你抛弃我，我就自杀。"

这一次我明白了，我已经走得太远。我变得谨慎了。有一天，他责怪我的时候，我回答："你已经是大孩子了,不能再闹着玩;而你又太年轻,还不到认真恋爱的时候。我等着。"

我认为事情就这样了结了。

这年秋天,他被送进寄宿学校。当他第二年夏天再来的时候,我已经订婚。他立刻就知道了;一连八天他眉头紧锁,心事重重。我十分不安。

第九天早上,起床的时候,我发现从门下面塞进的一个小纸条。我赶快捡起来,打开,只见上面写着:"你抛弃了我,而你知道我对你是怎么说的。你这就是命令我死。除了你,我不愿意让别人找到我。请你到花园里来,就在去年我对你说我爱你的地方;往空中看。"

我感到自己快要疯了。我急急忙忙地穿上衣服,跑呀,跑得精疲力竭,几乎跌倒,终于到了他指定的地方。他的寄宿生的小鸭舌帽掉在地上的泥泞中。那天夜里下了一整夜雨。我抬起头,看到有什么东西在树叶丛中摇晃,那时正刮着风,而且风很大。

这以后我做了什么,我已经不知道了。我想必先大声号叫,也许晕厥了过去,倒在地上,然后跑回古堡。我清醒过来时躺在自己的床上,母亲守在我的床头。

我以为这一切都是我神志不清时的幻觉。我结结巴巴地问:"他,他,贡特朗呢?……"人们没有回答我。这是真的。

我不敢再去看他;但是我要了一长缕他的金黄色的头发。这……这……就是……

老姑娘伸出她颤抖的手,万分歉疚地指着那缕头发。

她擤了好几次鼻涕,擦了擦眼泪,接着说:"我中止了婚事,也没说为什么……只是从此我……我就永远……是这个十三岁男孩的寡妇。"说完,她把头垂在胸前,思绪万千地啜泣了很久。

大伙儿要回房睡觉的时候,一个被她的故事弄得不能平静的胖猎人,凑近旁边一个人的耳边小声说:

"痴情到这种地步,不是太可悲了吗?"

珂珂特小姐 *

＊ 本篇首次发表于一八八三年三月二十日的《吉尔·布拉斯报》,作者署名"莫弗里涅斯";一八八四年首次收入埃德蒙·莫尼埃出版社出版的莫泊桑小说集《月光》。

我们正要从疯人院里走出来,忽然看见院子的一个角落里有个瘦瘦的高个子男人,在执拗地做着召唤一条想象中的狗的动作。他用亲切、温柔的声音喊着:"珂珂特,我的小珂珂特,到这儿来,珂珂特,到这儿来,我的美人儿。"一边还像人们吸引动物注意时常做的那样拍着大腿。我不禁问医生:"那个人怎么啦?"他回答:"啊!那个人没有什么太有趣的。他是个车夫,叫弗朗索瓦,他把自己的狗淹死了,因此发了疯。"

我一再请求:"您就给我说说他的故事吧。有时候最简单、最平常的事反而最能打动我们的心呢。"

下面就是那个人的遭遇,全都是从他的同伴,一个马夫那里听来的。

在巴黎郊区生活着一户殷实的中产阶级人家。他们住在塞纳河边,一个大花园中间的一座别墅里。那家的车夫就是这个弗朗索瓦,一个乡下小伙子,有点笨手笨脚,不过心地善良,为人憨厚,容易上当受骗。

一天晚上,在回主人家的路上,一条狗尾随着他走起来。他起初没有注意;但是那畜生紧跟不舍,他于是回过头去,看看是不是认识这条狗。不,他从来没见过。

这是一条瘦得可怕的狗,垂着长长的乳房。它在他后面慢慢跑,夹着尾巴,耷拉着耳朵,一副饿狗的可怜相。他停下,它也停下;他走,它也走。

他想把这条瘦得皮包骨的畜生赶开,大吼一声:"滚,快给我滚开!去!去!"它拖后几步,蹲下来,等着。车夫一迈步,它又跟在后面走起来。

他假装捡石头。那畜生剧烈地晃荡着松弛的乳房,逃得稍远一点;但是他刚一转身,它又追上来。

车夫弗朗索瓦心软了,于是招呼它过来。那母狗扭扭捏捏地走过来,脊背弯成弓形,一根根肋骨把皮都拱起来了。他抚摸着这些突起的骨头,见它那么可怜,大动恻隐之心。"那么,来吧!"他说。那狗感觉到自己已经被收留,立刻摇起尾巴，不再是跟在新主人身边，而是到前面跑起来。

他把它安置在马房的草垛上，便跑到厨房去取面包；它吃了个大饱，就蜷成一团，睡着了。

第二天，车夫告诉了主人家，他们允许他留下它。这是一条很好的狗，跟人亲热而又忠实，聪明而又温柔。

但是过了不久，人们就发现它有一个可怕的缺点。它一年到头都燃烧着爱情的火焰。在不长的时间里它就认识了当地所有的公狗，它们没日没夜地围着它转来转去。它抱着妓女那来者不拒的态度，对它们给以同样的款待，似乎跟每一条公狗都相处得和美至极。它后面总带领着一支由各种类型的狗组成的队伍，有的像拳头那么小，有的有驴那么大。它统率着它们在大路上没完没了地游荡；它在草地上停下来休息，它们就环绕它围成一圈，伸着舌头，望着它。

当地人都视之为怪物；还从来没有人见过这样的狗。连兽医也弄不懂是怎么回事。

晚上它回到马房，那群公狗就向别墅发起围攻。它们从花园四周的绿篱钻进来，毁坏花圃，糟践花木，把花坛刨出一个个坑，弄得园丁十分恼火。它们整夜在女友住的马房周围叫个不停，怎么也没法让它们走开。

白天它们甚至窜进房子里来。那简直成了一场入侵，一场祸害，一场灾难。在楼梯上，甚至在卧室里，主人们随时都可能遇见尾巴上像插着羽翎似的黄毛小狗、猎狗、獒狗、无家可归的脏兮兮的野狗、把孩子们吓得抱头逃窜的巨大的纽芬兰狗。

当地还来了一些十法里方圆内没人见过的狗，谁也不知道它们从哪里来的，谁也不知道它们怎么活命，后来又怎么没了踪影。

弗朗索瓦却非常喜爱珂珂特。他给它起名叫珂珂特，并没有什么恶意，虽然这名字它当之无愧。① 他经常说："这个

---

① "珂珂特"，法语为Cocotte，意为"母鸡"，也有"轻佻的女人""妓女"的意思。

畜生，简直跟人一样，除了不会说话。"

他给它定做了一条漂亮的红色皮颈圈，吊着一块小铜牌，上面刻着这样几个字："珂珂特小姐，车夫弗朗索瓦所有。"

它变得臃肿不堪。它原先瘦得可怜，现在胖得出奇，圆鼓鼓的肚子下面依然垂着晃晃荡荡的大乳房。突然发胖以后，它行走很艰难，两条腿像过于肥胖的人一样趔开，嘴张着，呼哧呼哧直喘，刚跑两步就累得筋疲力尽。

此外它还表现得出奇地多产，几乎刚下崽，肚子又大了，一年要下四窝，而且种类五花八门。弗朗索瓦挑出一只给它"消奶"，其他的都用他那马房干活穿的围裙一包，毫不怜惜地扔到河里。

但是，过了不久，厨娘也跟花匠一起抱怨了。她甚至在炉台底下、碗橱里、搁煤的旮旯里都发现过狗；它们遇见什么偷什么。

主人忍无可忍了，吩咐弗朗索瓦把珂珂特扔掉。弗朗索瓦很伤脑筋，想找个地方把它送掉。可是谁也不肯要。他决心把它一丢了事，于是交给一个赶大车的，让他带到巴黎另一边的桥畔儒安维尔[①]一带的野地里扔掉。

---

① 桥畔儒安维尔：法国法兰西岛大区马恩河谷省的一个市镇。

可是当天晚上珂珂特就回来了。

必须拿个大主意了。车夫花了五法郎,把它交给开往勒阿弗尔①的一列火车的列车长,请他带到那里把它放掉。

三天以后,它又回到了马房;它疲惫,消瘦,皮开肉绽,再也支持不住了。

主人心软了,便不再坚持。

可是那些公狗很快又回来了,而且更多、更凶。一天晚上家里举行宴会,一只块菰②烧肥母鸡居然在厨娘眼皮底下被狗叼走;那是一条看门大狗,厨娘哪敢跟它争夺。

这一次主人实在恼火极了。他把弗朗索瓦叫来,怒气冲冲地说:"明天天亮以前你要是不把这畜生扔到河里去,我就把你赶出大门。听见没有?"

车夫吓坏了;他上楼到自己的房间里去收拾行李,因为他宁愿丢掉这份差事。后来他转念一想:只要他带着这个讨人厌的畜生,哪儿也去不成。他想到现在雇他的是个很好的

---

① 勒阿弗尔:法国西北部城市,濒临芒什海峡,地处塞纳河出海口,法国第二大港口。今属诺曼底大区滨海塞纳省。
② 块菰:亦称松露,一种一年生的天然真菌类植物,是极为珍贵的调味品。法国民间常利用猪来寻找和拱出泥土下的块菰。

人家，挣得多，吃得好。他对自己说：为了一条狗放弃这一切真不值得。切身的利益打动了他，最后他痛下决心：天一亮就摆脱掉珂珂特。

尽管如此，他一夜都没有睡好。他天一亮就起来，拿了一根结实的绳子，去找那条母狗。它慢吞吞地站起来，抖了抖身子，伸了伸腰，过来欢迎主人。

他一下子失去了勇气，开始亲热地拥抱它，抚弄它的长耳朵，吻它的鼻子，用他所知道的各种各样亲昵的称呼动情地叫它。

这时附近的时钟敲响了六点。再也不能犹豫下去了。他打开门，说："来。"那畜生摇摇尾巴，明白要带它出去。

他们来到陡峭的河岸，他选了一个看来水比较深的地方。他把绳子的一头系在那条漂亮的皮颈圈上，又捡了一块大石头拴在绳子另一头。然后他抱起珂珂特，像吻一个即将离别的亲人一样，狂热地吻它。他紧紧搂住它，摇晃它，一边叫着："我美丽的珂珂特！我的小珂珂特！"而它任他摆布，还高兴地哼唧着。

他一次又一次想扔它，却总下不了狠心。

不过他还是猛然下定决心，使出全身力气把它尽可能远地扔了出去。它像平常给它洗澡时那样企图划水，但是它的脑袋被石头坠着，一下一下地往下沉；它向主人频频投出惊慌的目光，很通人性的目光，同时像溺水的人一样挣扎着。接着前半个身子完全沉了下去，只有后腿还在水面上拼命地踢蹬；最后连后腿也不见了。

河水像烧开了似的冒着气泡，足有五分钟的工夫。弗朗索瓦惊愕，惶恐，心怦怦跳，仿佛看见珂珂特在淤泥里抽搐。乡下人头脑简单，他对自己说："这畜生此刻对我是什么想法呢？"

他差点儿痴呆了；他病了一个月；他每天夜里都梦见他那条狗，感到它在舔他的手；他听见它在叫。不得不请来医生。最后他见好了；六月底，主人们把他带到鲁昂附近的比埃萨尔，他们在那里有一处产业。

到了那儿，他仍旧是在塞纳河边。他又开始下河洗澡。他每天早上跟马夫下去，而且经常游水过河。

一天，他们正在水里嬉闹，弗朗索瓦突然向他的伙伴嚷道：

"瞧漂过来的那个东西。我来请你尝一块炸排骨吧。"

顺水漂过来的是一具毛已掉光、膨胀得老大的动物尸体，四脚朝天。

弗朗索瓦划了几下，游过去；他继续开着玩笑：

"见鬼！已经不新鲜了。好家伙，倒挺大！而且也不瘦。"

他隔着一段距离，绕着那硕大的腐尸转着圈。

后来，他突然不吭声了，特别注意地打量了一会儿；接着他游到跟前，好像想碰碰它。他目不转睛地端详着它的颈圈；接着又伸出手，抓住脖子，把尸体转个方向，拖到面前，只见褪了色的皮颈圈上还吊着一个泛了绿的铜牌子，上面刻着："珂珂特小姐，车夫弗朗索瓦所有。"

这条母狗虽然死了，仍在离家六十法里以外又找到它的主人。

他凄厉地大喊一声，拼命向河边游去，一边游，一边连声号叫。一上岸，他就全身赤裸地在田野里没命地奔跑。他疯了！

珠宝 *

＊ 本篇首次发表于一八八三年三月二十七日的《吉尔·布拉斯报》,作者署名"莫弗里涅斯";一八八四年首次收入埃德蒙·莫尼埃出版社出版的莫泊桑小说集《月光》。

自从那天晚上在副科长家的聚会上遇见这个年轻女子，朗丹先生就落入了情网。

她是外省一个税务官的女儿，父亲好几年前就去世了。后来她和母亲来到巴黎，母亲希望给女儿找一门亲事，所以经常去附近的几个中产阶级人家串门。她们虽然清贫，但都是正派人，稳重而又温和。这个年轻女孩是正派女人的绝对典型，明智的年轻人梦寐以求的可以托付一生的女人。她的朴实的美有着贞洁天使的魅力；她那从不离嘴唇的不易觉察的笑意，就像是她心灵的反映。

所有人都对她极口称赞；认识她的人都一迭声地夸奖："谁要是娶了她，肯定很幸福。再也找不到比她更好的了。"

朗丹先生当时是内政部的主任科员，年薪三千五百法郎。他向她求婚，娶了她。

他和她在一起，幸福得简直让人难以相信。她精打细算，持家有方，看上去他们生活得很宽裕。她对丈夫关心、体贴、温存，无微不至。她身上的魅力是那么大，虽然结婚已经六年，他对她的爱仍然胜似宴尔新婚。

在她身上，他能责怪的只有两种嗜好：爱上剧院和爱假珠宝。

她的女朋友们，她认识的几个小公务员的妻子，经常能给她弄到包厢的票，去看热门的话剧，甚至是首场演出。她硬拉着丈夫去参加这些消遣，不管他乐意不乐意。可是丈夫上了一天班，这些消遣会让他更加疲惫。于是他央求她：请一位认识的太太一起去看戏，然后再把她送回家。她觉得这样做不太合适，很久都不肯让步。最后为了让他高兴，她终于答应了。他对她真是感激不尽。

然而，这种上剧院的嗜好不久就产生出打扮的需要。不错，她的衣着仍然十分简单，总是既雅致又朴素；她的温柔的美，谦虚、和善、令人不可抗拒的美，仿佛因她的连衣裙的简朴而更增添了新的韵味。不过她逐渐养成了一种习惯：耳朵上坠两颗挺大的仿钻石的莱茵石，还爱戴假珍珠项链，充金的手镯，以及镶着各种仿宝石的彩色玻璃珠子的压发梳。

她对假珠宝的这种爱好，颇让丈夫心中不快。他经常苦口婆心地劝她："亲爱的，既然没有能力买真珠宝，那就用自身的美貌和魅力来显示自己，这是最难得的珠宝。"

可是她淡然一笑，每一次都这样回答："你叫我怎么办？我就是喜好这个。这是我的怪癖。我也明白你说得对；可是本性难移呀。我当然更喜欢真珠宝！"

她一面用手指滚动着珍珠项链，让打磨过的水晶的表面熠熠闪光，一面重复着："快来看呀，它做得多精致！简直跟真的一样。"

他只好苦笑着说："你的趣味真像个波希米亚①女郎。"

有时，晚上，他们相对坐在炉边的时候，她会把装着朗丹先生称作"假货"的摩洛哥皮匣子捧到他们喝茶的小桌上，津津有味地审视这些仿造的珠宝，似乎享受到某种深邃、隐秘的快感；她还硬把一条项链戴在丈夫的脖子上，然后开心地大笑，一边嚷着："你这个样子真滑稽！"接着，她就扑到他的怀里，发狂似的拥吻他。

---

① 波希米亚：原捷克斯洛伐克的一个地区。波希米亚人泛指源于东欧的过流浪生活的人。

一个冬天的夜晚,她从歌剧院回来,冻得浑身发抖。第二天,她咳嗽不止。一个星期以后,她就死于肺炎。

朗丹差点儿随她一起进了坟墓。他是那么悲伤,不到一个月,头发全白了。他从早哭到晚,哀天呼地,痛不欲生;对亡妻的回忆,她的音容笑貌和所有可爱之处,始终萦绕着他。

时间也减轻不了他的哀伤。在上班的时候,同事们正在谈论时事新闻,他经常会突然面颊一鼓,鼻子一蹙,眼睛里满含泪水,脸上露出一副痛苦的表情,泣不成声。

他把妻子的房间原封不动地保留着,每天把自己关在里面想她;所有的家具,甚至她的衣服,都保持在她临终那一天摆放的地方。

但是他的生活变得困难了。他的薪水,妻子在的时候,满足两口子的所需绰绰有余,现在一个人过日子却捉襟见肘了。他纳闷,妻子哪儿来的这么大的本事,让他能天天喝上等的葡萄酒,吃精美的食品。而现在,以他的有限收入,他再也享受不到这一切了。

他已经欠下了几笔债,他四处奔走去借钱,就像那些靠借债度日的人一样。终于,一天早上,他连一个苏①也没有了,可是离月底还有整整一个星期。他琢磨:也许可以变卖点什么。他立刻想到,正可以摆脱掉妻子的那些"假货",因为他内心深处对这些从前让他愤怒的"冒牌货"始终怨恨难消,甚至每天一看到这些东西,就有点败坏他怀念爱人的心情。

他在妻子留下的一大堆假首饰中翻来翻去找了很久,因为她直到临死的前几天还固执地不断买这些玩意儿,几乎每天晚上都要带一件新的回来。他最后决定卖那条大项链,她似乎最喜欢那条项链,想来准可以卖六个到八个法郎,因为东西虽是假的,但是做工很精美。

他把那条项链放进衣服口袋,沿着林荫大道向部里走

---

① 苏:法国旧时辅币,五生丁等于一苏,二十苏等于一法郎。

去，一边走一边找一家他觉得值得信任的珠宝店。

他终于看到了一家，就走进去。把自己的贫困这样袒露给人家，把一件这么不值钱的东西拿来卖，他很有些害羞。

"先生，"他对店家说，"我很想知道您对这个东西怎么估价。"

那个人接过项链，仔细地看，翻来倒去，掂掂分量，拿放大镜审视；叫来一个伙计，对他低声说了自己的看法；又把项链放在柜台上，以便更好地判断远看的效果。

如此这般的小题大做，倒把朗丹先生弄得很不自在。他刚开口要说："唉！我也知道它值不了几个钱。"那珠宝商却宣布：

"先生，它值一万二千到一万五千法郎。不过您得把它的准确来源告诉我，我才能收购。"

鳏夫眼睛瞪得老大，愣了好一会儿，似乎没有听懂。最后他结结巴巴地说：

"您说什么？……您没有搞错吧？"对方见他这么惊讶，误解了他的意思，生硬地说："您可以去别的家，看人家是不是给您的价更高。我认为它最多值一万五千。如果找不到更好的买家，您还可以再回来找我。"

朗丹先生完全被弄蒙了，他模模糊糊地感觉到自己需要单独待一会儿，好好想一想，就拿回项链，走出去。

但是，他一走到街上，就忍不住笑了，心里想："傻瓜！啊！傻瓜！我刚才要是抓住他报的价让他买下，他就惨了！竟有这样的珠宝商，真假都分不清！"

他走进和平街入口的另一家珠宝店。老板一看见这条项链，就大声疾呼：

"啊！没错，这条项链，我记得很清楚，是从我的店里买走的。"

朗丹先生彻底被弄糊涂了，问：

"值多少钱？"

"先生，我是两万五千法郎卖出去的。我愿意以一万八千法郎买回来，如果您能向我说明是怎么得来的。这是法律规定。"

这一次，朗丹先生惊讶得腿都发软了，不得不坐下来。

他接着说:"不过……不过您再好好看一看,先生,我过去一直以为它是……假的。"

珠宝店老板接着说:"先生,您可以告诉我贵姓吗?"

"当然可以。我姓朗丹,我在内政部任职,我住在殉道者街十六号。"

珠宝商打开账簿,查了一下,说:"这条项链的确是在一八七六年七月二十日送到朗丹太太府上,殉道者街十六号。"

两个人凝目注视,互相打量着:科员惊讶得不知所措,珠宝商思忖是不是在跟一个盗贼打交道。

店主说:"您可以把这件东西留在我这儿吗?二十四小时就行,我给您写一张收据。"

朗丹先生结结巴巴地说:"当然,可以。"他叠好收据,放进衣袋,走了出去。

他穿过街道,往北走;发现走错了,又往南,走到土伊勒里公园①,穿过塞纳河;发现又走错了,又往回走,到了香榭丽舍大街,脑子也没弄清楚是怎么回事。他苦苦思索,想

---

① 土伊勒里公园:巴黎的重要公园之一,位于巴黎市中心,塞纳河右岸,与卢浮宫相连,十六世纪在制瓦厂原址创立的王家公园,巴黎最大最古老的法兰西风格的公园,与意大利风格的巴黎卢森堡公园相映成趣。

弄个明白。他妻子不可能买一件这么昂贵的东西。——不，绝不可能。——那么，这是一件礼物！一件礼物！可是，谁送给她的礼物呢？为什么要送给她礼物呢？

他停下来，呆呆地站在大路中间。一个可怕的疑问在他的脑海里闪现。——难道她……？——这么说，其他的珠宝也全都是礼物！他感到天旋地转；感到有一棵树向他迎面倒下来；他伸出双臂，倒在地上，失去了知觉。

他清醒过来的时候，发现自己在一家药房；是过路的人把他抬到了这里。他请人把他送回家，然后就把自己关在家里。

他痛哭流涕，直到深夜，嘴里咬着一块毛巾，免得哭出声来。他又是疲乏又是伤心，精疲力竭地爬上床，这一夜睡得昏昏沉沉。

一缕阳光把他刺醒。他慢慢吞吞地爬起来，准备去部里。经历了一连串的剧烈震动以后，再要上班也很困难。他考虑了一下，他可以请求科长原谅，于是给科长写了一封信。后来他又想到还得回去找那个珠宝商；想到这儿，他脸臊得通红。他前思后想。不过总不能把项链留在珠宝商那里，他便穿好衣裳，出了家门。

天气和煦，天空一片蔚蓝，城市在微笑。一些无所事事的人手插在裤兜里，走在他前面。

朗丹见他们这样优哉游哉，心想："有钱的人多幸福啊！有钱连忧愁都可以驱散，愿意去哪儿就可以去哪儿，去旅游，去寻欢作乐！啊！我要是有钱该多好！"

他感到饿了。他从前一天晚上起就没有吃东西。可是他口袋里一个苏也没有了，于是又想起那条项链。一万八千法郎！一万八千法郎！这可是一大笔钱啊！

他来到和平街，开始在那家珠宝店马路对面的人行道上走来走去。一万八千法郎！他有二十次都已经想进去了；但是羞耻心总是让他止步不前。

然而他饿，饿得厉害，又囊空如洗。他猛然下了决心，为了不让自己有犹疑的时间，他大步流星地穿过马路，冲进了那家珠宝店。

珠宝商远远看见他，就立刻殷勤地迎上来，满脸堆笑，请

他坐下。伙计们也都围过来，眼里和唇边都带着开心的意味，侧目瞟着朗丹。

珠宝商表示："先生，我已经了解过了，如果您仍旧是那个意向，我立刻就可以按我昨天出的价付钱给您。"

科员结结巴巴地说："当然啦。"

珠宝商于是从抽屉里取出十八张大票子，数了一遍，递给朗丹。朗丹在一小张收据上签了字，颤颤巍巍地把钱放进口袋。

他就要出门了，又走回来，不好意思地垂下眼睛，对一直在微笑的商人说："我……我还有别的首饰……是我……从同一个人那儿继承来的。您也愿意买吗？"

商人鞠了个躬，说："当然啦，先生。"一个伙计走出去尽情大笑；另一个伙计一个劲地擤鼻子。

朗丹全不在乎，红着脸，依然认真地说："我马上就给您拿来。"

他叫了一辆出租马车，回家去取珠宝。

一个小时以后，他连中饭也没有吃，又回到珠宝商这儿。他们一件一件地检验珠宝，估着价。这些首饰几乎全是从这家店里买走的。

现在，朗丹在估价上分文必争，动不动就发火，还要店主拿出卖货时的账簿给他看；数额不断增大，他的嗓门也越来越高。

那副大颗的钻石耳坠值两万法郎，几个手镯值三万五，几个胸针、戒指和颈饰一万六，一件镶有祖母绿和蓝宝石的首饰一万四；一个独粒钻石挂在金链上组成的项链四万，总共十九万六千法郎。

商人暗含讥讽地说："看来这些东西的主人把积蓄全用来买珠宝了。"

朗丹严肃地说："这也是一种存钱的方式，并没有什么特别的。"他和店主约好，第二天进行一次复核鉴定，然后就走了。

他走到街上，看着旺多姆圆柱①，恨不得像爬夺彩杆②似的爬上去。他感到那么轻松，似乎纵身一跳，就能像玩跳羊背游戏一样，飞跃圆柱顶端那耸立在半空的皇帝③雕像。

---

① 旺多姆圆柱：位于巴黎第一区旺多姆广场，建于一八○六年至一八一○年，用拿破仑在奥斯特里茨战役中缴获的武器熔铸而成，顶端有拿破仑铜质雕像。
② 夺彩杆：一种游戏，杆顶挂奖品，能够爬上取下者即获此奖。
③ 皇帝：指拿破仑一世皇帝。

他去瓦赞饭店①吃中饭，喝了一瓶二十法郎的好酒。

然后，他乘出租马车去树林②兜了一圈。他带着几分轻蔑看着来往的华丽车辆，真想对过路的人大喊："瞧我呀，我也有钱。我有二十万法郎！"

他又想起他的内政部。他让车夫把他拉到部里，不假思索地直奔科长办公室，向科长宣布：

"先生，我来向您辞职。我得到了一笔三十万法郎的遗产。"他走去和老同事们一一握手告别，并且对他们畅谈自己的新生活规划。接着，他在英格兰咖啡馆③吃了晚饭。

他坐在一位看来很高雅的先生旁边。他心痒难耐，禁不住要自我炫耀一下，让这位先生知道他刚刚继承了四十万法

---

① 瓦赞饭店：巴黎一家高档饭店，位于第十区图迪克街。
② 树林：此处指巴黎西面的布洛涅树林，是昔日巴黎人休闲的重要去处。
③ 英格兰咖啡馆：巴黎当时最著名的酒店之一，位于意大利人林荫大道和马里沃街拐角。

郎的遗产。

生平第一次,他不厌烦上剧院,然后又跟几个妓女混了一夜。

半年后,他再次结婚。她的第二个妻子很正派,但是个性很强,很难相处,让他吃了很多苦头。

幽灵现身*

* 本篇首次发表于一八八三年四月四日的《高卢人报》;一八八四年首次收入埃德蒙·莫尼埃出版社出版的莫泊桑小说集《月光》。

人们正在谈论最近的一桩诉讼案中发生的非法监禁的事①。那是在格勒奈尔街的一所古老的宅邸，一次好友们的晚间聚会快要结束的时候。每个人都有故事要讲，而且都声称实有其事。

这时，八十二岁的老侯爵德·拉图尔-萨米埃尔站起来，走过去把身子靠着壁炉，声音微微颤抖地说：

> 我也知道一件离奇的事，这事情实在太离奇，始终萦绕在我的脑海。这件奇事过去已经五十六年了，但是没有一个月不在我的梦里再现。那一天给我留下了一个

---

① 莫纳斯特里奥案件。一八八三年初，年轻姑娘费德莉娅·德·莫纳斯特里奥遭其兄劫持，送进疯人院；费德莉娅寄居的人家为此上告。案子于三月初由法庭审理。

印记，一个可怕的烙印。你们明白我的意思吗？是的，我亲身经历了一件非常可怕的事，这件事历时只有十分钟，但它是那么惊心动魄，从那时起，一种驱之不散的恐怖感就长留在我的心灵里。意外的响声会让我胆战心惊；夜晚黑暗中看不清的东西会吓得我发了疯似的想逃之夭夭。总之，我害怕黑夜。

啊！若不是活到我这个年纪，我不会承认这一点。现在我可以全都说出来了。面对虚幻的危险，一个八十二岁的人表现不够勇敢，还是情有可原的。女士们，面对真实的危险，我可从来没有退缩过。

这个故事对我精神上的震撼是那么强烈，在我内心产生的影响是那么深刻、那么诡秘、那么可怕，我甚至从来没有对人讲过。我把它保存在内心深处，那埋藏着痛苦的秘密、可耻的隐私、一切我们生活中不可告人的弱点的内心深处。

我这就把这件奇事原原本本讲给你们听，而且不会加以解释。它肯定是可以解释的，除非我当时是疯了。不，我会向你们证明，我没有疯。然后你们愿怎么想就怎么想吧。这里所说的是单纯的事实。

那是在一八二七年七月。我当时驻扎在鲁昂。

一天,我正在沿河马路上散步,遇见一个人,似曾相识,但又记不起是谁了。我本能地迟疑了一下,停下来。那人看到我这个动作,看了我一眼,便跑过来拥抱我。

原来是我年轻时很喜欢的一个朋友。我有五年没见到他,他似乎老了半个世纪。他头发完全白了,走起路来有些驼背,就像已经精疲力竭。他理解我的惊讶,就讲起他的遭遇来。一件可怕的不幸把他毁了。

他疯狂地爱上了一个姑娘,幸福得陶醉,便娶了她。谁知过了一年超乎常人的幸福生活和难以平静的激情相爱,她突然心脏病发作去世了,也许是爱极生悲。

下葬的当天,他就离开自己的古堡,来到他在鲁昂的宅邸居住。他在这儿离群索居,万念俱灰,受着痛苦的煎熬;他是那么悲惨,只想着自杀。

"既然我碰巧遇到了你,"他说,"我就拜托你给我帮一个大忙,就是去我的古堡,从我的卧室,我们的卧室的写字台里取几份我急需的文件。我不能把这件事托给一个下面的人或者代理人,因为我需要这个人能保守秘密、守口如瓶。至于我，我是绝不再回那座房子里去了。

"我会把那个房间的钥匙交给你，是我在离开的时候亲手把那个房间锁上的；还有我的写字台的钥匙。另外，你把我写的一个字条交给我的园丁，他就会给你打开古堡。

"不过你明天来跟我吃午饭，我们再好好谈谈这件事。"

我答应帮他这个小忙。再说，他的那个产业离鲁昂大约五法里，对我来说那不过是溜达一趟。我骑马去一个钟头就到了。

第二天上午十点钟，我已经到了他的住处。我们一起吃了午饭；不过他没有说上二十句话。他请我原谅他；他说，想到我就要去看那个长眠着他

的幸福的房间,他心绪难平。在我看来他的确特别激动,心事重重,就像心灵里进行着一场神秘的战斗。

最后,他向我具体解释了我该怎么做。那很简单,我只需用交给我的钥匙打开写字台右边的第一个抽屉,取回两札信和一札文件。他补充道:

"我不必提醒你别看这些东西。"

我几乎被他这句话刺伤了,有点生气地对他说出我的感受。他结结巴巴地说:

"请你原谅我,我实在太痛苦了。"

他说着就哭了起来。

大约一点钟,我离开他去执行我的使命。

天气晴好,我策马疾驰,穿过一片片草场,听着云雀的歌唱和我的马刀磕碰马靴的有节奏的声响。

接着,我进入森林,让我的马恢复了慢步。树枝轻拂着我的脸;我时而用牙齿咬下一片树叶,津津有味地咀嚼着,满怀着生活的喜悦。这种生活的喜悦,不知为什么,总让您充满强烈而又似乎难以抓住的幸福,洋溢着活力的陶醉。

快到古堡了,我在衣袋里寻找我应该交给园丁的信,这才惊讶地发现它是盖了封印的。我是那么气恼和愤怒,几乎不想再去完成受托之事就掉头返回。但我继而又想,这样做岂不显得我格调太低。再说,他心烦意乱,也许是一不留神就把这封信封死的呢。

小古堡仿佛被遗弃了二十年。敞开的栅栏门已经腐朽,不知怎么还能立得住。林荫路上杂草蔓生;已经分不清花坛和草坪。

听到我用脚踢一扇护窗板的声音,一个老人从侧门里走出来,见到我显得十分诧异。我跳下马,把那封信交给他。他读了一遍又读一遍,还翻过来看看,又偷偷打量了我一眼,然后把信放进衣兜,说:

"好吧!您要做什么?"

我生硬地回答他:

"您应该知道的,既然您从信里已经接到您主人的命令;我要进古堡。"

他好像被惊呆了,说:

"那么……您是要进他的卧室?"

我开始不耐烦了:

"见鬼!您难道还想盘问我?"

他结结巴巴地说:

"不……先生……只不过……那房间,自从……自从……自从……死了以后,就没有打开过。您等我五分钟,我先去……去看看是不是……"

我恼火地打断他的话:

"啊!原来如此,您还想跟我耍花招,是吗?不过您是进不去的,钥匙在我手里。"

他没话可说了。

"那么,先生,我给您带路。"

"您把楼梯指给我就行了,我一个人上去。没有您我也能找到。"

"可是……先生……尽管这样……"

这一次,我完全被激怒了:

"现在闭上您的嘴,好不好?不然我可就不客气了。"

我猛地推开他,走进去。

我先穿过厨房,然后是园丁和他妻子住的两个小房间。接着经过一个挺大的前厅,走上楼梯,认出了我朋友跟我说过的那个门。

我毫不费劲就打开了门,走了进去。

屋子里很暗,一开始我什么也看不清。我停住不动。这房间关得严严的,很久没人住,那股死人的发霉、令人作呕的味道让人窒息。接着,我的眼睛渐渐习惯了黑暗,可以比较清楚地看见这是一个乱糟糟的大房间,有一张床,床上没有被单,但是保留着床垫和枕头,其中一个枕头上还有胳膊肘或者脑袋留下的深深的凹印,仿佛刚刚有人枕过似的。

几把椅子散乱地放着。我发现一个门,大概是一个衣橱的门,半开半掩着。

我先走到窗边,想透进一点阳光,我打开了窗户;但是护窗板的铁闩锈得很厉害,我没法打开。

我甚至试图用马刀把它们砍开,也没有砍动。做了这番努力而徒劳无功,我颇有些恼怒;这时眼睛也终于完全适应了黑暗,我便放弃了看得更清楚一点的希望,走到写字台旁。

我在一把扶手椅上坐下,放下搁板,打开告诉我的那个抽屉。里头装满了东西。我只需拿三札就行,我知道怎么辨认,就找起来。

我正睁大了眼睛辨认封信上的姓名和地址，仿佛听到身后有窸窸窣窣的声音。我根本没有在意，心想一定是一股穿堂风掀动了哪块布帘。但是过了一分钟，又有一个几乎察觉不出的响动，我皮肤上掠过一阵奇怪的很不舒服的轻微战栗。心慌，哪怕是微乎其微的慌乱都太愚蠢，对自己来说都是丢人的事，所以我不屑于回头望一眼。可是，就在我刚刚发现了要找的第二札文件，正要找到第三札的时候，对着我的肩膀发出的一声长长的、痛苦的叹息，把我吓得一下子跳了两米远。我一边跳跃一边转身，手握住马刀的把柄。可以肯定，如果不是已经感觉到有什么东西在我身旁，我早像懦夫一样逃窜了。

一个身材高挑的白衣女子，站在我一秒钟以前还坐着的那把扶手椅后面，看着我。

我颤抖得那么厉害，几乎仰面栽倒！啊！除非亲身感受过，否则谁也不能体会这种可怕而又荒唐的恐怖。魂飞魄散，似乎心脏也停止跳动；整个身体变得像海绵一样瘫软；五脏六腑都好像崩溃了。

我不相信有鬼魂；可是！此时此刻我却被对死人的卑怯的恐惧压垮，噢！在对超自然的恐怖的无法抗拒的惶恐中，我瞬间经受的痛苦超过我这一生的全部其他时间。

如果她不说话，也许我就死定了！但是她说话了，用让人神经战栗的温柔而又哀伤的声音说话了。我不敢说我变得泰然自若，不敢说我恢复了理智。不，我已经混乱到不知道自己在做什么；但是我内心深处的隐秘的傲气，作为军人的骄傲，不由自主地让我保持着体面的态度。为了自己，大概也为了她，为了她，我也要强作镇定，不管她是什么，是人还是鬼魂。我是后来才意识到这一点的，我向你们保证，在那个女人出现的时候，我什么也没想。我只是恐惧。

她说：

"啊！先生，您可以帮我一个大忙！"

我想回答，但是我说不出话来。我喉咙里只发出一个含含糊糊的响声。

她又说：

"您愿意吗？您可以救我，治好我。我很难受。我很难受，啊！我很难受！"

她缓缓地坐在我坐过的扶手椅上。

她看着我：

"您愿意吗？"

我嗓子依然像瘫痪了一样，只能点头称"是"。

于是她递给我一把玳瑁梳子，小声说：

"替我梳梳头，啊！替我梳梳头；这样能治好我：我需要有人替我梳梳头。看看我的头……我太难受了；我的头发，太让我难受了！"

在我看来，她的头发是散乱的，很长，很黑，一直垂到扶手椅的背上，触到地面。

为什么我这么做呢？为什么我战战兢兢地接过这把梳子呢？为什么我把她那让我的皮肤感到凉得可怕、

像在摸弄一条蛇似的长发握在手里呢？我也不知道。

那种感觉留在我的手指间，现在想起来我还不寒而栗。

我替她梳起头来。我说不清曾经怎样摆弄那冰一样的头发。我把它们打散、通透；我就像编织马鬃一样给她编辫子。她频频叹息着，点着头，似乎很高兴。

突然，她说了声"谢谢"，把梳子从我手里夺过去，就从我刚才注意到的那扇半开着的门逃走。

我一个人留在那里，就像从一场噩梦中醒来，惊魂未定，好几秒钟也缓不过神来。接着我终于恢复了冷静，向窗口跑去，使劲猛推，竟把护窗板撞开了。

滔滔的阳光涌进来。我冲向那女子刚才逃走的那扇门，发现它关得严严实实的，怎么也打不开。

这时我突然生出一股逃跑的渴望,一阵惊慌,一阵只有战场上才有的真正的惊慌。我一把抓起放在打开的写字台上的三札信件;我跑着穿过套房,一步四级地从楼梯上跳下来,我不知道怎么就到了外面,只见我的马在离我十步远的地方,我一跃跨到马上,飞奔而去。

我一鼓作气到了鲁昂我的住处前面,把缰绳递给我的勤务兵,就躲我的房间,闭门思索。

在长达一个小时的时间里,我沉痛地自问是不是当了幻觉的玩具。毫无疑问,我有过那不可理解的神经的震撼,有过那头脑的疯狂,正是这头脑的疯狂产生出奇迹,超自然的力量也正是来源于此。

我正要相信自己发生过一次幻视、一次感官的错乱,这时我走到了窗口,眼睛偶然落在我的胸脯上,只见我的军上衣的纽扣上缠满那个女人的长发!

我一根接一根地捏住头发,用颤抖的手把它们扔到窗外。

接着,我把勤务兵叫来。我感到自己情绪太激动、思想太混乱,不能当天就去见我的朋友。另外,我也需要好好想一想该对他怎么说。

我让勤务兵先把那些信带给他。他给了这位士兵一个收条。他打听了很久我的情况。勤务兵告诉他，我的身体有点不舒服，我让太阳晒坏了，还说了些什么我就不知道了。他好像很不放心。

第二天一大早，我就去了他家。我决心对他实话实说。可是他前一天晚上出门了，还没回来。

我当天又到他家去了一趟，他仍然没有回来。我等了一个星期。他再也没有出现。于是我通知了司法当局，人们到处查找，也没有找到一丝他到过或者隐居的痕迹。

对那座被遗弃的古堡进行了细致的搜查，没有发现任何可疑之处。

没有丝毫迹象表明那古堡里隐藏过一个女人。

调查一无所获，搜寻也就中止。

五十六年来，我没有获得任何信息。因此我也不知道任何更多的情况。

门 *

＊ 本篇首次发表于一八八七年五月三日的《吉尔·布拉斯报》；一八八八年首次收入保尔·奥朗道尔夫出版社出版的增订版莫泊桑小说集《月光》。

"啊!"卡尔·马苏里尼大声说:

纵容的丈夫这个问题,可是个棘手的问题!当然了,我见过各种各样纵容的丈夫;可是呢,我却对任何一个也没法有一个明确的见解。我做过多方尝试,想弄清他们到底是视而不见,心明眼亮,还是精力不济。我认为不外乎这三种类型。

让我们先谈谈视而不见的。不过这些人不能算是纵容,既然他们根本一无所知,这是些眼光只能看到鼻子尖那么远的笨蛋。另外,还有一件奇怪而且有趣的情况需要指出:男人,所有的男人,甚至女人,所有的女人,都容易受骗。我们周围随便什么人:我们的孩子,我们的朋友,我们的仆人,我们的供货商,稍稍耍弄一点诡计，我们就会上当。人类都很轻信；我们在怀疑、猜测和挫败别人的伎俩上施展的精明，不及我们乐意时欺骗别人所用的十分之一。

心明眼亮的丈夫有三种。一种是妻子有一个情人或者一些情人，对他来说有利可图，不管是金钱方面，野心方面，还是其他方面的利益。这些人，只要能大体上保住面子，他们就心满意足了。

一种是会大发雷霆的丈夫。关于这些人，可以写一部精彩的长篇小说。

最后是那些懦弱的丈夫！这些人生怕引起丑闻。

还有精力不济的，或者是累坏了的丈夫，他们对夫妻间的床笫生活避而远之，唯恐共济失调或者中风，宁愿看到某个朋友替他冒这些风险。

至于我，我认识一个相当少见的丈夫，他用机智而又荒唐的方式防范这类司空见惯的意外事件。

我在巴黎结识过一对十分体面、经常出入社交界、颇有名望的夫妻。妻子是个活跃的女人，高个子，很苗条，总有些求爱者追随左右，据说有过不少风流韵事。她的机智让我喜欢，我相信她也喜欢我。我追求她，不过是试探性的追求；她却报我以明显的挑逗。我们很快就眉目传情，互相用力地握手，做着各种大攻势前的小献媚。

然而我有些犹豫。总的说来，我认为上流社会的男欢女爱，哪怕是短暂的，大部分都不值得它们给我们带来的痛苦和我们可能由此招来的苦恼。我正在头脑里衡量着可望获得的乐趣和唯恐惹上的麻烦，忽然，我发现她丈夫在怀疑我和监视我。

一天晚上，在一个舞会上，我正对少妇说着情话，突然发现在一个和跳舞的大厅相连的小客厅里，一个镜子里有个觊觎我们的人的面容。那是他。我们的目光相遇了。紧接着，还是在镜子里，我看到他扭过头去，走开了。

我小声说：

"您丈夫在侦察我们。"

她似乎很惊讶。

"我丈夫？"

"是的，他窥伺我们好几次了。"

"哪里会！您能肯定？"

"非常肯定。"

"这太奇怪了！他平常跟我的朋友们表现得再客气不过了。"

"也许他猜到我爱您。"

"哪里会！再说，您又不是第一个追求我的。所有有点姿色的女人，身后都有一串求爱者。"

"是的。但是我，我深深地爱您。"

"就算这是真的，难道一个丈夫永远也猜不到这些事吗？"

"这么说，他不嫉妒啰？"

"不……不……"

她思索了一会儿，然后接着说：

"不……我从来没有看出他嫉妒。"

"他从来也没有……没有监视过您吗?"

"没有……就像我刚才跟您说的。他对我的朋友们很客气。"

从这一天开始,我对她的追求就有条不紊了。不过我对这个女人的兴趣并没有怎么增加,倒是她丈夫可能嫉妒对我的诱惑力很大。

至于她,我对她的评价是冷静而又清醒的。她具有某种社交场上的女人的魅力,这魅力来自活泼、欢快、可爱然而肤浅的机灵,而非真正和深刻的吸引力。就像我对您说过的,这是个活跃的女人,她的美全是外在的,华而不实。怎么跟您解释呢?这是……这是一个布景,而不是一个住所。

且说有一天,我在她家吃完晚饭,要告辞的时候,她丈夫对我说:

"我亲爱的朋友(他称我为朋友已经有些时间了),我们很快就要动身去乡下。不过,对我的妻子和我来说,能够接待我们喜爱的人是一种莫大的乐趣。您愿意接受我们的邀请,去我们那儿过一个月吗?您会让我们深感荣幸。"

我大为惊异,不过我还是接受了。

于是,一个月以后,我来到他们在都兰①的韦尔特雷松领地里的家。

他们在离城堡五公里的火车站等着我。他们一共是三个人:她,她丈夫,还有一个不认识的先生,德·莫尔特拉德伯爵。他们把我介绍给伯爵。他好像非常高兴能够认识我。我们的马车快马加鞭,沿着绿荫夹道的幽深的小路前行;一路上,一个最荒诞不经的想法掠过我的脑海。我在心里嘀咕:"喂,这是什么意思?这个丈夫肯定已经怀疑到他的妻子和我在谈情说爱,他却邀请我来他家,像知心朋友一样接待我,仿佛在对我说:'去呀,去呀,我亲爱的,这条路畅通无阻!'"

接着,他们又向我介绍了一位饶有风度的先生,我的天呀,此人已经在他们家住下来,可是……可是也许又很想离开这儿。看样子他像丈夫一样高兴我的到来。

莫非这是一个希望引退的老情人?很可能。——如果真是这么回事,那又怎样?莫非两个男人已经达

---

① 都兰:法国旧时的一个省,在巴黎盆地西南部,省会在图尔。

成了默契？在这个社会里，这种冠冕堂皇的可耻小交易是那么司空见惯！他们什么也不跟我说，便拉我入伙，做接班人。他们向我伸出两手，向我伸出双臂，向我敞开所有的门和所有的心扉。

她呢？始终是一个谜。她不应该，也不可能什么都不知道。可是呢？……可是呢？……哎呀……我真被弄糊涂了！

晚饭的气氛很愉快，很热诚。吃完饭，丈夫和他的朋友打牌，我去门前的台阶上和他妻子一起赏月。大自然的景色似乎让她深受感染，我判断我的幸福时刻临近了。真的，这天晚上我觉得她很迷人。乡野把她变得温柔了，或者说疲惫了。站在石头台阶上，紧挨着种有植物的大花盆，她修长的身姿显得分外优雅。我真想把她拖到树底下，跪倒在她膝下，倾吐爱慕之情。

她丈夫的声音在叫喊：

"路易丝！"

"在这儿，我的朋友。"

"你忘记倒茶了。"

"我这就来，我的朋友。"

我们回到屋里；她给我们倒茶。两个男人的牌局结束，已经露出明显的困意。我们就上楼去各自的房间。我睡得很晚，而且睡得很糟。

第二天，按照原先的安排下午去郊游；我们乘无篷四轮马车去参观几个废墟。她和我坐正座，他们俩坐反座，和我们面对面。

我们兴高采烈，感情融洽，纵情地交谈着。我是个孤儿，我仿佛刚刚找到了家，我感到在他们这儿就像在自己家里一样。

突然，因为她把脚伸到了丈夫的两腿中间，他郑重地小声说："路易丝，我求您啦，别磨坏了您的旧鞋。在乡下应该和在巴黎一样注意仪表。"

我低下眼睛看。她果然穿着一双走了样的短筒旧皮靴，而且我发现她的长袜也没有拉平整。

她脸红了，把脚缩回裙子下面。而那位朋友看着远处，一副事不关己、无动于衷的样子。

她丈夫敬我一支雪茄，我接过来。一连好几天，他到处跟着我们，我和她单独在一起待上两分钟的时间都没有。再说，我觉得有趣的是他。

一天上午，他来找我，在午饭以前一起去散步，我们谈起了婚姻。我就孤独问题说了几句，又说了几句女人的温柔可以让共同生活变得美好。他突然打断我的话，说："我亲爱的，最好别谈论您根本不了解的事。一个女人如果对于爱您不再感兴趣，是不会爱您很久的。她们还没有最终属于我们时，所有的卖弄风情，都显得千娇百媚，可一旦她们属于我们了，这一切就会顿时停止。另外，另外……正派女人……也就是说我们的女人……是……不是……欠缺……总之，她们不太了解作为妻子的职分。这……就是我的想法。"

他不再说下去，我也就摸不透他究竟是怎么想的。

这次谈话两天以后，有一天一大早，他把我叫到他的房间去，给我看他收集的版画。

我坐在一把扶手椅里，面对着把他的套房和他妻子的套房隔开的大门；我听到在那扇门后有人走动，对那些版画就有些心不在焉，虽然我一直在大声赞叹："啊！有味道！美！太美了！"

他突然说：

"啊！我还有一幅最美的，就在隔壁。我这就去给

您找来。"

他说着就向门那边快步走去,就好像要制造一个强烈的戏剧效果似的,把两扇门扉霍地打开。

门那边,在一个杂乱的大房间里,在满地扔着的裙子、衣领、短上衣中间,站着一个干瘪的大个子女人,头发乱蓬蓬的,一件旧得皱巴巴的绸裙子贴着她瘦削的臀部,正在对着一面镜子梳她的短而稀的土黄的头发。

她的胳膊弯成两个三角形;她惊惶地转过身来的时候,我看到了普通布衬衫下面那排在公共场合用假乳房隐蔽着的肋骨。

丈夫急忙关上门,回到自己的房间,露出抱歉的神情,再自然不过地惊呼:"啊!我的天呀!我真是个傻瓜！啊！真的，我真蠢！我妻子永远也不会原谅我这个差错！"

我呢，我已经很想感谢他了。

三天以后，我用力地握过两个男人的手，又吻过那个妻子的手，就离开了；她只冷冷地对我说了声：别了。

卡尔·马苏里尼不说了。

有个人问：

"那个朋友究竟是什么人呢？"

"我不知道……不过我这么快就离开，他好像很遗憾。"

父亲*

＊ 本篇首次发表于一八八七年七月二十六日的《吉尔·布拉斯报》；一八八八年首次收入保尔·奥朗道尔夫出版社出版的增订版莫泊桑小说集《月光》。

让·德·瓦尔诺瓦是我经常去看望的一个朋友。他住在树林中的一座沿河的小城堡里。他是在巴黎过了十五年疯狂的生活以后退隐到这里来的。他突然厌腻了吃喝玩乐、男欢女爱、纸醉金迷，厌腻了那里的一切，来到他出生的这片领地定居。

我们经常两三人一起到那里，跟他度过两三个星期。我们到的时候，他又见到我们肯定是满心欢喜；我们走的时候，他又能落得一个人清静也十分高兴。

上个星期，我又去他那里。他张开双臂迎接我。我们有时一连几个小时在一起，有时各做各的事。白天，通常是他看书，我工作；晚上，我们一直聊到半夜。

上星期二，挨过了一个闷热的白天以后，晚上九点钟光景，我们俩坐在那里，一边看河水在脚边潺潺流淌，一边交换着对沐浴在流水中、仿佛在我们眼前游动的星星的模模糊糊的想法。我们的想法很模糊、很含混、很浮浅,因为我们的智力很有限、很薄弱、很无能。我为正在大熊星座里死亡的太阳伤心。它是那么苍白,只有在晴朗的夜晚才依稀可见;稍有一点雾气,这濒死的天体就消失了。我们想着在这些星体上居住的生物,想着它们无法想象的形状,它们难以捉摸的特性,它们还不为人知的器官,想着连人类的梦想都难以企及的那些动物、植物、所有的物种、所有的领域、所有的类型、所有的东西。

忽然,远处传来一个人的喊声:

"先生,先生!"

让回答道:

"我在这儿,巴蒂斯特。"

仆人找到了我们,报告道:

"先生的那个波希米亚女人来了。"

我的朋友笑了起来,他还很少这么疯狂大笑;然后他问道:

"这么说,今天是七月十九日了?"

"是的,先生。"

"好吧。你让她等我一会儿。让她吃夜宵。我过十分钟就回去。"

仆人走了以后,我的朋友挽起我的胳膊,说:

"咱们慢慢走,我跟你说说这个故事。"

七年以前,就是我刚来到这里的那一年,一天晚上,我到森林里去散步。天气晴朗,就像今晚这样。我在大树下慢慢地走着,透过树叶仰望着天上的星星,尽情呼吸、开怀畅饮着宁静的夜晚林中的清新空气。

我刚离开巴黎,再也不回去了。我已经倦了,倦了,十五年里目睹和参与的所有那些愚蠢、下流、肮脏的事,已经让我说不出地厌腻。

我在这很深的树林里,沿一条通向十五公里外的克鲁齐尔村的低洼的路走了很远、很远。

突然,我的狗,博克,一条和我总是寸步不离的圣日尔曼①大狗,一下子停住了,而且低声吠叫起来。我以为遇到了狐狸、狼或者野猪;我踮起脚慢慢地往前走,免得弄出声

---

① 圣日尔曼:一种短毛垂耳的法国猎狗。

响；可是我忽地听见叫喊声，人的哀怨、沉闷而又凄惨的叫喊声。

毫无疑问，有人在一个矮树丛里杀人；我跑起来，右手握着一根重实的橡木手杖，一根不折不扣的大棒。

我越来越接近发出叫喊的地方，现在那声音更清晰，但却变得出奇的低沉。听上去好像是从一座房子里，或者是从一座烧炭人的窝棚里发出来的。博克在我前面三步远，跑几步，停一下，又跑几步，很兴奋，一边不停地咆哮着。突然，又有一条狗，一条目光灼灼的大黑狗，挡住了我们的去路。我清楚地看到它大嘴里仿佛在闪光的白色獠牙。

我举起手杖向它冲过去，不过博克已经扑到它身上，两条狗互相咬着脖子在地上滚作一团。我从它们身旁跑了过去，差点儿撞上一匹躺在路上的马。我大吃一惊，停下来，想看个清楚，却发现前面有一辆车，或者不如说是一座带轮子的房子，一种在我们乡村从一个集市到另一个集市移动的流浪艺人和流动商贩的那种房子。

连续不断的可怕的叫喊声仍在从那里传出。因为门开在另一边，我围着这辆破旧不堪的车兜了过去，猛地跨上三级木踏板，准备扑向那个坏蛋。

可是我看到的情景是那么奇特,我起初完全蒙了。一个男人跪着,像是在祈祷;而在车厢里的一张床上,有个难以辨别的东西,一个半裸的歪歪扭扭的、我看不见面孔的人体,在蠕动,在挣扎,在号叫。

原来是一个正在经受分娩之苦的女人。

我一弄明白引起这哀号的是何种意外事故,就向他们说明自己为什么会不约而至。那个男人,一个急得发狂的马赛人,说了无数一定会感恩戴德的言不由衷的话,央求我救救他,救救她。我一边惊愕地看着床上那个大声哭叫的女人,一边老老实实地承认我从来也没有见过分娩,从来也没有在这种情况下援助过一个雌性生命,不管是女人、母狗还是母猫。

不久,我恢复了镇定,便问那个惊慌失措的男人,为什么他不一直走到下一个村子。他说他的马陷进车辙,摔断了一条

腿,再也站不起来了。

"那么好吧!我的朋友,"我对他说,"现在,我们是两个人,我们把您的妻子拉到我家去。"

但是两条狗仍在嚎叫,我们不得不走出去用棍子抽打才把它们分开,险些把它们打死。后来我想出了一个主意,把它们跟我们一起系在车上,一个在左边,一个在右边,围着我们的腿,帮我们拉车。十分钟的工夫,一切就绪,车慢吞吞地上路了,在深深的车辙里颠簸,摇晃着腹部像撕裂般疼痛的可怜的女人。

这条路多么艰难啊,我亲爱的朋友!我们气喘吁吁,大汗淋漓,脚底打滑,有时还跌倒;而我们的两条可怜的狗,喘得就像我们腿边有两个风箱。

用了三个小时才到我的宅邸。当我们来到门前的时候,车里的喊叫声已经停止。母亲和婴儿都安好。

把他们安排在一张舒适的床上睡下以后,我就让人套车去找医生,这时那个马赛人的心放下了,精神振作了一些,甚至还有点得意,为了庆祝这次幸运的分娩,吃得狼吞虎咽,喝得烂醉如泥。

生下来的是个女孩。

我留这几个人在我家住了一个星期。女孩的母亲，艾尔米尔太太，是个有天通眼的女巫，她预言我长生不老、幸福无限。

第二年的这一天，一天也不差，天快黑的时候，刚才喊我的那个仆人到我晚饭后的吸烟室来找我，对我说："去年的那个波希米亚女人来向先生道谢。"

我吩咐让她进来。发现跟她一起来的是个胖胖的、金黄色头发的高大的小伙子，我惊讶了好一会儿。这小伙子是北方人。他向我行了个礼，便俨然以团体领袖的姿态发起言来。他听说我为艾尔米尔太太所做的善举以后，不愿错过这一周年的机会，坚持要来向我表示谢意和感激。

我请他们在厨房里吃了夜宵，并且尽地主之谊留他们过了一夜。他们第二天才走。

从此以后那可怜的女人每年的这一天都来，带着孩子，一个非常可爱的小女孩，以及一个每次都是新的……首领。只有一个，一个对我千恩万谢的奥维涅人，连续出现了两次。小女孩全叫他们爸爸，就像我们这儿说"先生"一样。

我们来到宅邸，远远看见台阶前模模糊糊站着三个人影，等着我们。

最高的那一个向前走了四步，行了个大礼：

"伯爵先生，我们今天来，您知道，是为了向您表达我们的感激之情……"

这是个比利时人！

在他之后，是小女孩说话，就像背诵赞美诗的孩子们一样矫揉造作、装腔作势。

我呢，装出一副天真无知的样子，把艾尔米尔太太拉到一边，先聊了几句，然后问道：

"这一位是您的孩子的父亲吗？"

"嘿！不是，先生。"

"那么她父亲呢，去世了吗？"

"嘿！没有，先生。我们有时还见面呢。他是宪兵。"

"啊！算了！这么说，不是你生孩子那天我第一次看见的那个马赛人啰?"

"嘿!不是,先生。那家伙是个坏蛋;他把我的积蓄全偷走了。"

"那么那个宪兵,那个真正的父亲,他认他的孩子吗?"

"嘿!认呀,先生;他还挺喜欢她哩;不过他不能照顾她,因为他和自己的妻子另外还有几个孩子。"

穆瓦隆*

* 本篇首次发表于一八八七年九月二十七日的《吉尔·布拉斯报》；一八八八年首次收入保尔·奥朗道尔夫出版社出版的增订版莫泊桑小说集《月光》。

听人们还在谈普兰奇尼①，曾在帝国②时期当过总检察官的马鲁娄先生对我们说：

"啊！我从前办过一个很奇特的案子，从几方面来看，都可以说非常特别。我这就讲给你们听。"

我当时是外省③的帝国检察官，靠了任巴黎法院首席院长的父亲，我颇得上司的赏识。当时有一个案子，后来以"小学教师穆瓦隆案件"的名字著称，就是由我

① 普兰奇尼：全名昂利·普兰奇尼（1857—1887）：法国亡命徒，一八八七年三月十七日在巴黎蒙田街犯下三条命案，被判绞刑，轰动一时。
② 帝国：此处指路易·波拿巴即拿破仑三世为皇帝的法兰西第二帝国（1852—1870）。
③ 外省：法国人通常称巴黎以外的地方为外省。

提起公诉的。

法国北部的小学教师穆瓦隆先生在当地享有盛誉。他睿智，审慎，信教虔诚，只是略微有点沉默寡言。他是在自己任教的布瓦利诺区结婚的。他有过三个孩子，不幸都因为肺的毛病先后夭折。从那时起，他就把隐藏在心里的全部的爱都转移到交他照管的一群孩子身上。他经常用自己的钱买些玩具给最好的学生，最听话最乖的学生；他给他们准备零食，甜食、糖果、糕点让他们吃个够。人人都称赞这个大好人，这个好心人，直到他的学生当中有五个，一个接一个死掉，而且都死得很奇怪。人们曾以为是由于干旱，水变了质，产生了传染病；可是追根究底，什么也没发现。这真怪了，尤其是孩子们的病症太离奇。他们好像得了一种衰弱病，不想吃东西，叫唤肚子痛，拖了一些时间，就在撕心裂肺的痛苦中停止呼吸。

对最后一个死去的孩子做了尸体解剖，什么也没找到。把内脏送到巴黎进行化验，也没有发现任何有毒物质的存在。

在一年的时间里，没有发生任何新的情况。接着，两个小男孩，班里最优秀的学生，也是老穆瓦隆最喜欢的学生，在四天里相继死去。再次下令做尸体检验，在两个孩子的体内发现一些器官嵌进了捣碎的玻璃碴。人们据此得出结论：这两个男孩一定是不慎吃了某种没有洗干净的食物。只要在盛奶的大碗上面打碎一个玻璃杯，就可能造成可怕的事故。若不是穆瓦隆的女仆在此期间也病倒，这件事也许就到此为止了。找来的医生认定这个女仆呈现和以前病死的孩子们同样的症状，询问的结果，她承认偷了并且吃了小学教师为学生们买的糖果。

遵照检察官的命令对校舍进行了搜查，发现一个橱柜里装满了要发给学生们的玩具和甜食。几乎所有这些食品里都含有玻璃碴和断针。

穆瓦隆立刻被逮捕。然而他对加在他头上的嫌疑是那么气愤，那么惊讶，人们差一点把他放了。不过他犯罪迹象是那么明显，在我的脑海里动摇了我的最初信念。而我最初的信念，是基于他的良好声誉、整个为人、一些假象以及还绝对缺乏犯下这桩罪行的决定性动机得出来的。

为什么这样一个善良、单纯、虔诚信教的人，会杀孩子呢？而且那些孩子似乎是他最喜欢的，他宠爱他们，他塞给他们甜食吃，为了给他们买玩具和糖果，不惜花掉自己一半的薪水。

要承认这个罪行是他干的，必须得出他发了狂的结论！然而穆瓦隆看上去是那么通情达理，那么平静，那么充满理性和善意。说他疯狂，看来是无法证明的。

可是证据越积越多！在小学教师购买食物的店家，扣押的糖果、点心、蛋白松糕和其他产品里，经过查证，并不含有任何可疑的碎片。

这时他就辩称，一定是某个还未查明的敌人，用一把仿制的钥匙打开了他的橱柜，把玻璃碴和断针混到甜食里的。他还编了一个完整的有关遗产的故事，说这笔遗产必须等某个孩子死了才能继承，于是有个乡下人就决心害死那个孩子，想出了这个办法，害死了孩子，同时还把嫌疑都栽到小学教师身上。他说，那个坏蛋根本不关心其他可怜的孩子也会因此丧命。

这是可能的。看他那样子真像是对自己的说法把握十足，表情又是那么伤心，若不是接连有了两个确凿的发现，我们真会因为毫无证据而宣告他无罪。

第一个发现，是一个装满玻璃碴的鼻烟盒！他的鼻烟盒，在他放钱的写字台的一个隐秘的抽屉里发现的！

对这个发现，他又做出了真有点可以接受的解释，说这是那个尚未查明的真正罪人为了推脱罪责耍弄的最后一个诡计。幸亏这时一个圣马尔鲁夫[①]的服饰用品商来找预审法官，说有位先生曾经到他店里买针，来过好几次，要买他能找到的最细的针，还把它们弄断，看看是不是达到他的满意。

我们让这个服饰用品商站到十二个人面前，他一眼就认出了穆瓦隆先生。调查结果显示，小学教师的确在商人指明的那些日子里去过圣马尔鲁夫。

我还忘了说孩子们的可怕证词，这些证词说，每次都是小学教师挑选甜食，并且让孩子们当着他的面吃下去，然后把最微小的痕迹都清除干净。

被激怒的公众舆论要求处以极刑，这呼声日渐高

[①] 圣马尔鲁夫：法国村镇，位于诺曼底大区芒什省。

涨，那力量令人畏惧，不容有任何的抗拒和犹豫。

穆瓦隆被判了死刑。随后他的上诉也被驳回。他只剩下请求特赦这一条生路。我从父亲那儿得知皇帝不会恩准他的特赦请求。

不料，一天上午，我正在办公室工作，有人向我通报监狱的指导神父来访。

来者是一个年老的教士，深谙人性，对罪犯更是了如指掌。他看上去有些烦乱，困惑，不安。东拉西扯地聊了几分钟以后，他站起身，突然对我说：

"如果穆瓦隆被砍头，帝国检察官先生，您可就让人处决一个无辜的人了。"

说罢，他连招呼也不打，就走了出去，留下我体味着这番话的深深的压力。他说这些话时

激动而又严厉，为了拯救一个人的生命，他才稍稍开启了秘密忏悔要求他紧闭和封锁的嘴唇。

一个小时以后，我就动身去巴黎，我的父亲得到我的预告，已经立刻让人为我请求觐见皇帝。

我第二天就获得召见。我们被带进去的时候，陛下正在一间小客厅里工作。我把事件的整个过程陈述了一遍，一直说到教士对我的访问。我正在叙述教士访问的情况时，君主的扶手椅后面的门开了，皇后以为他一个人在这儿，径直走了进来。拿破仑陛下便问她怎么想。她一明白是怎么回事，就大声说：

"应该特赦这个人。既然他是无辜的，就必须这么做！"

一个如此虔信宗教的女人这突如其来的信念，为什么会在我心里引起一个可怕的疑问呢？

直到那以前，我一直是热切希望为穆瓦隆求得减刑的。现在，我突然感到自己受到了一个狡猾的罪犯的玩弄和欺骗，这罪犯利用了教士和忏悔作为他最后防卫的手段。

我向陛下坦陈了我的犹豫。陛下犹豫不决，天性的善良敦促他赦免,但他又怕被一个坏人捉弄。不过皇后确信那个教士是遵从神的激励,她反复说:"没关系!即使饶过一个罪人也总比枉杀一个无辜者要好!"她的看法占了上风。死刑减为服苦役。

几年以后,我听说穆瓦隆在土伦苦刑犯监狱的模范行为被禀报给皇帝以后,监狱长雇他做了仆人。

此后,我很久都没有再听说过这个人。

然而,大约两年以前,我正在里尔①,在我的表兄德·拉利埃尔家过夏天,一天晚上,正当我坐下来要吃晚饭的时候,有人通知我,一位年轻的教士希望跟我谈话。

我吩咐让那教士进来,原来他请求我去见一个垂死的人,那个人一定要见我。在我任法官的漫长生涯中,这种事时有发生;虽然我受到共和国②的冷落,但是遇到一些情况,我还是时不时地被找去。

于是我跟着那个教士,他带我爬到一座劳工住的高

---

① 里尔:法国北方的重要工业城市,今上法兰西大区诺尔省省会。
② 共和国:指法兰西第三共和国(1870—1940)。

楼的顶层，走进一间寒酸的小屋。

在那里，我看到一个奇怪的垂死者，坐在一张草褥上，为了喘气，背靠着墙。

那简直就是一具龇牙咧嘴的骷髅，眼睛深陷，目光灼灼。

他一看见我就低声说：

"您认不出我了吧？"

"认不出了。"

"我是穆瓦隆。"

我吃了一惊，问：

"那个小学教师？"

"是的。"

"您怎么在这儿？"

"这话说起来太长，我没有时间了……我就要死了……人们给我找来这位神父……我知道您在这儿，就请他去找您……我需要向您忏悔……因为以前……您救过我的命。"

他隔着布套，用抽搐的手紧紧抓住草褥的麦秸，用嘶哑、有力、低沉的声音接着说：

"好啦……我必须把真相告诉您……告诉您……因为在离开人世以前必须向某个人说出真相。

"是我杀害了那些孩子……所有那些孩子……是我……为了报复!

"请您听好。我曾经是个诚实的人,很诚实,很诚实……很纯洁——崇敬天主——那个仁慈的天主——人们教导我们要爱的那个天主,而不是那个假天主,那个刽子手,那个盗贼,那个统治人间的凶手。我从来没有作过恶,从来没有干过一桩坏事。先生,世上没有比我更纯洁的人了。

"结婚以后,我有了几个孩子,我开始爱他们,天下父母从未有过像我这么强烈地爱自己孩子的。我只为他

们而生活。我爱他们爱得疯狂。可是他们三个全死了！为什么？为什么？我做了什么，我？我不甘心，不过只是有一种愤懑的不平。后来，我睁开了眼睛，我如梦初醒；我明白了，天主很邪恶。为什么他要杀了我的孩子呢？我睁开了眼睛，我看清他喜欢杀人。他只喜欢这个，先生。他让人活着只是为了毁灭！先生，天主是个杀人狂。他每天都需要死人。他用各种各样的方式杀人，以此为乐。他发明了疾病、事故，为了月复一月、年复一年地慢慢地消遣。等他厌倦了，他又散布传染病、鼠疫、霍乱、白喉、天花。这个恶魔究竟发明了多少天灾人祸，我怎能说得清？这还不能让他满足，这些灾害太雷同了！他还时不时地发动一场战争，好看到二十万战士尸横遍野，缺胳膊断腿地倒在血泊和污泥里，脑袋被炮弹炸碎，就像鸡蛋掉在大路上。

"这还没完。他让人类互相残杀。见人类变得比他还高明，他又造出野兽，好看到人类逐猎它们、屠杀它们，用它们来营养自己。这还没完。他又造出只能活一天的很小很小的动物，每个小时都在数亿数亿地死亡的苍蝇，任人践踏的蚂蚁，还有其他的生物，太多了，太多了，我们想象都想象不出来。这一切互相残杀，互相逐猎，互相吞噬，不停地死亡。而仁慈的天主看着，很开心，因为他，他看见一切，最大的和最小的，在水滴里的和在其他星球上的，他看着他们灭亡，很开心。呸，这个坏蛋！

"于是，我，先生，我也杀人，杀孩子。我跟他开了个玩笑。这次不是他杀了他们。这些孩子，可不是他杀的，是我杀的。我本来还会杀害更多的孩子；但是您抓住了我。就是这样！

"我当时就要死了，就要被绞死了。我啊！那条毒蛇，又可以开怀大笑了！于是我请来一个教士，我撒了谎。我做了忏悔。我撒了谎；我活了下来。

"现在，我完了。我再也逃不出他的魔掌了。但是我不怕他，先生，我太瞧不起他了。"

看着这个卑鄙的家伙苟延残喘，断断续续地说话，有时把嘴张得老大，吐出一句几乎听不见的话，上气不接下气，手扯着草褥的布套，在几乎成了黑色的被子下动弹着他的两条瘦腿，仿佛要逃跑似的，那情形真可怕。

啊！多么丑恶的人，多么丑恶的回忆！

我问他：

"您还有什么要说的吗？"

"没有了，先生。"

"那么，永别了。"

"永别了，先生，如果有一天……"

我向教士转过身去，他脸色苍白，高大深暗的身躯靠着墙：

"您留下吗，神父先生？"

"我留下。"

这时，垂死的人带着嘲弄的口吻说：

"是的，是的，他正在派他那些乌鸦来吃尸体。"

而我呢，我已经厌恶透了；我拉开门，逃之夭夭。

我们的信 *

* 本篇首次发表于一八八八年二月二十九日的《高卢人报》;同年首次收入保尔·奥朗道尔夫出版社出版的增订版莫泊桑小说集《月光》。

坐了八个钟头火车以后，一些人会大睡一场，另一些人会无法成眠。我呢，每次旅行以后，接下来的那个夜里我都睡不着。

清晨五点钟，我来到友人米雷·德·阿尔蒂斯家；我将在他们的阿贝尔庄园住三个星期。这座漂亮的宅邸是上世纪末他们的一位祖辈兴建的，一直传了下来。所以它有着同一家人居住、布置、赋予生气、留心检查的那种住宅的内在特点。里面什么都没有变化：住所的灵魂一点儿也没有蒸发，家具从来没有搬走，壁毯总是挂在同一面墙上，从来没有从钉子上摘下来，只是磨损了、模糊了、褪色了。昔日的家具一点儿也没有散佚，只是为了安置新家具才偶尔惊动一下。而新家具就像新生儿一样，进入哥哥姐姐们中间。

这个住宅位于一个山坡上，一片园林中间，园林顺着山

坡向下倾斜，直到一条河，河上横跨着一座石拱桥。河那边舒展着一片片草场，硕大的奶牛吃着潮湿的青草慢步走着，湿润的眼睛里仿佛满含着牧场的露水、雾气和凉爽。我爱这住宅，就像人们爱热烈希望拥有的东西一样。我每年秋天都怀着无限的喜悦回到这儿来；而我离开时总是依依不舍。

在这个非常平静又友好的家庭里，我受到亲人般的接待。吃了晚饭，我问我的好友保尔·米雷：

"今年，你让我住哪个房间？"

"罗丝姑姑的房间。"

一个钟头以后，米雷·德·阿尔蒂斯夫人，后面跟着三个孩子：两个大些的小女孩和一个淘气的小男孩，就把我安置在罗丝姑姑的房间里。我还从未在这个房间里睡过。

等我独自一个人在那儿的时候，为了把我的精神在这个环境里安顿下来，我仔细地观察墙壁、家具，审视整个套房的面貌。我认识它，但是不熟悉，只是进来过几次，只是漠不关心地看了看罗丝姑姑的彩色蜡笔画像，这个房间就是用她名字来称呼的。

这个在玻璃后面变得模糊的鬈发的老姑姑，一点也引不起我的注意。她的样子就像从前的那些老太婆，一个恪守信条和戒律、对道德箴言和烹饪秘方同样精通的女人，一个外省家庭里常见的能把欢快吓跑、皱纹累累闷闷不乐的天使。

另外，我从未听人谈到过她；无论是她生前还是死后的情况，我都一无所知。她是本世纪还是上世纪的人？在离开这个世界以前，她有过平淡还是动荡的一生？她还给上天的，是一个老姑娘的纯洁的灵魂，一个妻子的平静的灵魂，一个母亲的温柔的灵魂，还是一个被爱情骚动的灵魂？这和我又有什么关系呢？除了"罗丝姑姑"这个在我看来可笑、庸俗、丑陋的名字，我什么也不知道。

我端起一支烛台，观看高悬着的古老镀金木画框里她严肃的脸，觉得它平淡无奇，不讨喜，甚至有点令人反感；接着，我又检查家具，全都属于路易十六末期，或者大革命①

---

① 指一七八九年推翻封建波旁王朝的法国大革命。

和督政府①时期的。

没有任何东西,甚至没有一把椅子、一幅窗帘,是在那以后进入这间卧房的;这卧房散发着木头、织物、座椅、帷幔的气味,记忆的难以捉摸的气味,某些人的心灵生活过、爱过、痛苦过的住房的气味。

然后我就睡下了。但是我睡不着。心烦意乱了一个或两个钟头以后,我决定起来,写几封信。

我打开放在两个窗户之间的一个镶着铜棱条的桃花心木小写字台,希望能找到一点纸和墨水。但是我什么也没发现,只看见一个用得很旧的蘸水笔杆,用一根箭猪刺做的,头儿已经有点咬坏。我正要关上这个写字台,一个闪亮的光点吸引了我的注意:有点像黄色的钉子头儿,在一块隔板的角上,形成一个很小的圆形的突出物。

我用手指头扒拉了一下,它好像动了。我用两个指头捏住它,使劲一抽。它慢慢地出来了。这是一根很长的金色大头针,溜进并藏在木头的一个窟窿眼里面。

---

① 督政府:法国大革命时期于一七九五年十月二十六日至一七九九年十一月九日之间的政府,前承国民公会,后启执政府。

为什么要这样？我立刻想到它一定是用来启动一个掩藏秘密的机关。于是我查找起来。这用了我很长时间。探查至少两个钟头以后，就在第一个洞的对面，不过是在一个榫槽的深处，我发现了另一个洞。我把别针往里一捅，一块小木板冲出来，差一点碰到我的脸。我看到两捆信，两捆已经泛了黄的信，用蓝缎带扎着。

我读了这些信，现把其中的两封抄录在下面：

这么说，您要我把您的信还给您，我如此亲爱的朋友；我现在都还给您了，不过这让我非常痛苦。您怕什么呢？怕我把它们丢失了？可是我把它们锁得好好的呢。怕被别人偷走？可是我看管得很严密，因为它们是我最珍贵的宝藏了。

是的，这让我痛

苦极了。我在想,您是不是内心深处已经有些后悔？不是后悔爱过我,因为我知道您一直爱着我；而是后悔当您把自己的心,不是交给我,而是交给您手里拿着的笔的时候,在白纸上表达了这强烈的爱。当我们爱的时候,我们会有吐露衷肠的需要,说出来和写下来的情真意切的需要,于是我们就说出来,我们就写下来。言语会飞走,富有乐感、空气、柔情的甜蜜言语,热烈、轻盈,一说出口就会蒸发,只能留在记忆中,而不能像您亲手写下的字,我们是看得见,摸得着,吻得到的。您不是要您的信吗？是的,我把它们还给您！可是多么悲伤啊！

可以肯定,您事后对这些抹不掉的词句感到复杂微妙的羞耻。在您敏感、胆怯、被一种难以捉摸的情绪挫伤的心灵里,您后悔曾经向一个男人写过您爱他。您想起那些引起回忆的词句,于是心想:"我要把这些字化成灰烬。"

满意吧,放心吧。您的信都在这里。我爱您。

我的朋友,

不,您没有明白,您没有猜到。我绝不是后悔,我永远也不后悔曾经对您倾吐我的爱情。我仍然会给您写信，不过，您收到以后要立刻把我写的信都还给我。

如果我告诉您我提出这个要求的原因，您一定会很生我的气。它不像您所想的那样富有诗意，但是很务实。我害怕，不是怕您，当然了，而是怕发生意外。我是罪人。我只希望我的过错不要伤害别人，而只伤害我自己。

请务必理解我的真意。您和我，我们都会死。您可能坠马而死，既然您每天都骑马；您可能死于中风，死于决斗，死于心脏病，死于车祸，死于千百种方式，因为，如果死亡只有一次，接受死亡的方式却比我们能活的天数还多。

那时，您的姐姐，您的哥哥和您的嫂子都会发现我的信。

您相信他们喜欢我吗？我不大相信。再说，即使他们喜欢我，怎么可能两个女人和一个男人，得知了一个秘密，一个这样的秘密，会彼此不说出来呢？

我好像是在说一件很丑陋的事情，说您死，接着又怀疑您的家人不会严守秘密。

但是我们早晚都会死,对不对?几乎同样可以肯定,我们两人中的一个会先入土。所以必须预见到各种危险,甚至是这个危险。

至于我,我会把您的信放在我的信旁边,保存在我的写字台的一个秘密地点。我会让您看到,它们就像合葬在一个坟墓里的一对情人,满含着我们的爱情,并排躺在镶着绸缎的小小藏身处。

您会对我说:"如果您先死,我亲爱的,您的丈夫会发现这些信。"

啊!我,我才不怕呢。首先,他不知道我的写字台的秘密;再说,他也不会去找。即使他发现了秘密,我已经死了,我已经无所畏惧了。

您是不是有时想过在死去的女人的抽屉里找到所有的情书呢?我早就想到了,而且正是我长时间的思考让我决定了向您要回我的信。

您想一想，从来，您听清楚了，从来没有一个女人烧掉、撕掉、毁掉那些人家向她倾诉爱情的信。我们的生活，我们的希望，我们的期待，我们的梦想，全都在那儿。这些带着我们的名字、我们的温存和甜蜜往事的小纸，就像圣骨，而我们女人崇敬教堂，特别是供奉女圣徒的教堂。我们的情书是我们的美的凭证，是我们优雅和魅力的凭证，是我们女人隐秘的骄傲，是我们心灵的宝藏。不，不，一个女人永远不会销毁她生活的这些秘密和甜美的档案。

但是，像所有人一样，我们总会死去，那时……那时这些信，人们就会发现！谁发现它们？丈夫。那么，他会怎么办？他什么也不会做。他会把它们烧掉。

啊！这一点，我想了很多很多。您想呀，每天都有女人死去，她们都被人爱过；每天，她们犯错的痕迹和证据都会落在丈夫手里，却从来没有暴露过一桩丑闻，从来没有发生过一次决斗。

请想一想，我亲爱的，男人是怎么回事，男人的心是怎么回事。你们会为了活着的女人而复仇；你们会和一个侮辱了你们的男人决斗，甚至杀了他，只要她还活着，因为……是的，为什么呢？我也不清楚。但是如果在她死后，你们发现了这样的证据，你们就会烧毁它们。你们会当作什么也不知道；你们会继续向死者的情夫伸出手；这些信没有落到外人手里，知道它们已经被销毁，你们会非常满意。

啊！在我的朋友里，我认识多少人不得不销毁这些证据，而装作一无所知。如果她们还活着，他们一定会疯狂地复仇。但是她死了，名誉问题已随之变化。坟墓是夫妻间过失的时限。

所以我可以保存我们的信，而它们在您手里对我们俩都是一个威胁。

您敢说我没有道理吗？

我爱您，我吻您的头发。

罗丝

我向罗丝姑姑的肖像抬起眼睛，我看着她满是皱纹、表情严肃、有点凶恶的面孔，想着所有那些我们毫不了解的女人的心灵。我们想象中的她们和真实的她们是那么不同，我

们永远也看不透她们与生俱来的单纯的狡黠、宁静的两面性。此刻,维尼①的诗句回到我的脑海:

  永远是这个有颗不可靠的心的伴侣。②

---

① 维尼:全名阿尔弗雷德·德·维尼(1797—1863):法国作家、小说家、戏剧家和诗人。
② 引自法国诗人阿尔弗雷德·德·维尼的长诗《参孙之怒》。

夜*

——噩梦

* 本篇首次发表于一八八七年六月十四日的《吉尔·布拉斯报》;一八八八年首次收入保尔·奥朗道尔夫出版社出版的增订版莫泊桑小说集《月光》。

我热爱夜晚。我爱它,就像人们热爱家乡和情人,那是一种发自本能的爱,深沉而又无法克制的爱。我爱它,用我所有的感官,用我看它的眼睛,用我闻它的嗅觉,用我听它的寂静的耳朵,用夜色抚慰着的我的整个肉体。云雀在阳光里,在蔚蓝的天空里,在温暖的空气里,在清晨轻盈的空气里歌唱。猫头鹰在夜间逃遁,像黑色的斑点一样掠过黑色的天空,无垠的黑暗令它欣喜、陶醉,它发出颤抖的凄厉的叫声。

白昼让我疲惫和厌倦。它粗暴而又喧闹。我刚刚起来,懒洋洋地穿上衣裳,不情愿地走出来,每一步,每个动作,每个姿态,每句话,每个想法,都给我增加一份疲劳,就像让我举起一个难以承受的重负。

但是当太阳降落时,一种莫名的愉悦,一种全身的愉悦渗透了我。我苏醒了，活力焕发。随着夜色扩大，我感到自己完全变了样，变得更年轻，更强壮，更灵活，更幸福。这自天而降的伟大阴影，我眼看着它越来越浓厚：它像抓不着、穿不透的浪涛一般淹没了城市，用它不可感知的触摸隐匿、抹杀、摧毁色彩和形态，把房屋、生灵和历史性建筑紧紧搂在怀里。

这时我真想像猫头鹰一样愉快地叫喊，像猫一样在屋顶上奔跑；一股猛烈的、难以抑制的爱的渴望在我的血管里点燃。

我便出发漫步，有时到变得黑暗的城厢，有时到巴黎附近的树林，去听我的动物姐妹们和偷猎兄弟们的游荡。

爱得强烈的东西，到头来往往会要您的命。可是怎么解释在我身上发生的事？又怎么让人理解我竟然还能把它从容道来呢？我不知道，我已经不知道了，我只知道事情就是这样。——仅此而已。

话说昨天——是昨天吧？——是的，大概是，除非是更早，另一天，另一个月，另一年——我不知道。不过应该就是昨天，既然晨曦没有再露，太阳没有再升起。可是黑夜是从何时开始的呢？从何时？……谁能说得清？谁能知道？

也就是说昨天，晚饭以后，我像每天傍晚一样出了门。天气很好，很温和，很暖和。我往南向林荫大道①走去。我望着头上满载星斗的黑色河流，那是街两旁起伏的屋顶在夜空中切割出来的，街道蜿蜒，这星星的江河随之转动，就像一条真的河流一样波涛滚滚。

在明澈的空气中一切都很清晰，从行星到煤气灯。天空中和城市里都有那么多星火闪耀，黑夜好像也亮堂堂的。闪亮的黑夜比阳光灿烂的大白天更加欢快。

林荫大道上，一家家咖啡馆灯火辉煌，人们在欢笑，人们走来走去，人们开怀畅饮。我走进一家剧院待了一会儿，哪家剧院？我记不得了。那里面太亮了，让我不舒服；镶金包厢刺目的亮光，巨大的水晶分枝吊灯的造作的闪光，舞台脚灯的灯火屏障，这种种虚假和生硬的光的惨象，弄得我的心情沮丧，我又出来。我来到香榭丽舍大街②。一家家带歌

---

① 林荫大道：本文的情节似梦亦梦。莫泊桑当时住巴黎十七区蒙沙楠街十号，从那里去凯旋门最便捷的路应是马勒塞尔波林荫大道和库尔塞尔林荫大道。

② 香榭丽舍大街：巴黎最繁华的一条东西向的林荫大道，约两公里长，东起协和广场，西至星形广场，是巴黎的一条重要的轴心。

舞杂耍表演的咖啡馆,就像绿叶丛中的一处处火灾的火源。黄色的灯光涂过的栗树仿佛上了漆,磷光闪闪。那些球形电灯,就像灿烂雪白的月亮,就像天上掉下来的月亮蛋,就像奇大无比的活珍珠,在它们珠光的神秘而又堂皇的亮光下,成行的煤气灯,肮脏的煤气灯,和成串的彩色玻璃灯,都显得黯然失色。

我停在凯旋门①脚下,看着大街②,它在两行灯火之间,犹如星辰夹道!这令人赞美的漫长的星光大道,一直伸向巴黎。还有星星!那些胡乱撒在无边天空里的不知名的星星,它们仍然在画着奇形怪状的图案,那么令人遐想,那么令人神往!

我走进布洛涅树林,在那儿待了很久很久。我打了一个奇怪的寒战,感到莫名其妙地强烈激动,思想近乎疯狂地兴奋。

我走了很久很久,然后才往回走。

---

① 凯旋门:又称星形广场的凯旋门,巴黎的一座重要的纪念性建筑,在香榭丽舍大街的西端,位于星形广场的中央,由拿破仑决定兴建,以宣扬其武功。由香榭丽舍大街前往布洛涅树林通常都要经过此处。
② 大街:指巴黎香榭丽舍大街。

我又经过凯旋门时已经是几点钟了？我不知道。反正城市已经入睡，乌云，大片的黑压压的乌云，正慢慢地在天空铺开。

我第一次感到就要发生什么奇怪的事情。我好像感到天气很冷，空气越来越浓厚，黑夜，我亲爱的黑夜，在我心里也变得沉重起来。现在，大道上人迹稀少。只有两个治安警察在公共马车站旁边走来走去，而在有气无力的煤气灯照射下的马路上，一行运蔬菜的马车驶向中央菜市场①。它们满载着胡萝卜、萝卜和包心菜，慢慢地走着。看不到车把式，他们都在睡觉。马儿迈着匀称的步子，跟着前面的车，不声不响地在木板铺的路面上前进②。车在人行道的每一盏灯光前经过时，胡萝卜就被映成红色，萝卜就被映成白色，包心菜就被映成绿色；马车一辆接一辆走过，红的红似火，白的白似银，绿的绿似翡翠。我跟着它们走，接着，我转向皇家

---

① 中央菜市场：指从十一世纪初逐渐扩大的巴黎中央菜市场，位于巴黎第一区，曾是巴黎主要的食品批发市场；左拉的长篇小说《巴黎的肚子》（1873）即以此为背景；二十世纪七十年代该地区开始进行市政改造后已不存在。
② 法兰西第二帝国时期，曾尝试在几条街道以木块铺地。

街,又来到林荫大道。再也没有一个人,再也没有灯火通明的咖啡馆,只有几个行色匆匆的晚归的人。我从未见过这样死寂、这样荒凉的巴黎。我掏出怀表。凌晨两点钟。

一股力量,一种行走的需要,驱使着我。我索性一直走到巴士底①。在那儿,我发现我从未见过这样阴沉的夜,因为我甚至分辨不出七月纪念柱②,它的镀金的神像完全消失在穿不透的黑暗中。一个乌云的拱顶,厚得无边无沿,把星星也淹没了,仿佛扑向大地,要把它毁灭了似的。

我往回走。我周围已经一个人也没有。不过在水塔广场③,一个醉汉差点儿撞到我;后来他也消失了;有一会儿,我还能听见他跄跄然而响亮的脚步声。我继续走。走到蒙马特尔城厢的时候,一辆出租马车经过,往南向塞纳河驶去。

---

① 巴士底:指在法国封建王朝时期作为国家监狱的巴士底堡垒原址修建的巴士底广场,位于今巴黎第四、十一、十二区交会处。
② 七月纪念柱:指矗立在巴士底广场的石柱,为纪念一八三〇年七月革命而于一八三五至一八四〇年间修建,石柱顶端有奥古斯特·杜蒙创作的名为"自由神像"的镀金铜像。
③ 水塔广场:一八一一年建有一处水塔,故名。一八七九年改称共和国广场,并筹建共和国纪念碑,上有九点五米高的共和国女神玛丽亚娜的塑像。

我招呼它。车夫没有回答。一个女人在德鲁奥街附近转悠："先生，您听我说。"我加快脚步，为了躲开她伸过来的手。然后，就什么事也没有了。在轻喜剧院①前面，一个捡破烂的在搜索阳沟。他的小提灯沿着地面晃悠着。

我问他："几点钟了，我的朋友？"

他低声抱怨："我哪知道！我又没有表。"

这时，我发现煤气灯的喷嘴突然熄了。我知道，为了节约，在这个季节，很早就会它们熄灭，不等天亮；可是，天亮还早，离日出还远着呢！

"到中央菜市场去，"我想，"那里至少可以找到一点生气。"

---

① 轻喜剧院：巴黎的一家剧院，演出活动始于一七九二年，上演过不同风格的剧目，此时位于第九区嘉布遣会修女大道和昂坦堤道街的十字路口，现已不存。

我上路了；可是我连路也看不清，不知道怎么走。我慢吞吞地往前走，就像人们在树林里所做的那样，以便一边数着街道的数目一边认着路。

在里昂信贷银行①前面，一条狗低声咆哮了几下。我在格拉蒙街拐了个弯，迷路了；我乱转了一会儿，后来，我认出了铁栏杆围着的证券交易所②。整个巴黎都在酣睡，深深地酣睡，有些瘆人。然而，远处传来一辆出租马车的车轮滚动声，唯一的一辆马车，也许就是刚才从我身边经过的那辆马车。我试图赶上它，便向发出车轮声的地方走去，穿过几条僻静、黑暗、像死一般黑暗的街道。

我又迷路了。我是在哪儿？这么早把煤气灯熄了，简直是发疯！没有一个行人，没有一个晚归的人，没有一个游荡的人，没有一只发情猫的喵喵叫声。什么都没有。

治安警察在哪儿？我心想："我要叫喊，他们就会来。"我叫喊起来。没有一个人回答。

---

① 里昂信贷银行：其总部位于巴黎第二区意大利人林荫大道十九号，一八八三年落成，是一个历史性商业建筑物。
② 证券交易所：又以其设计者的名字命名为布隆尼亚宫，为新古典主义建筑风格，位于巴黎第二区。

我喊得更响。我的声音飞走，但是没有回音，而且越来越弱，被黑夜，被这穿不透的黑夜粉碎了，窒息了。

我呼号："救命呀！救命呀！救命呀！"

我的绝望的呼声依然没有回应。现在几点钟了？我掏出怀表，但是我一根火柴也没有。我听着这小机械轻轻的嘀嗒声，心里感到一种从未有过的奇怪的喜悦。它好像有生命一样。我感到不那么孤独了。多么神秘啊！我像瞎子一样又走起来，用手杖试探着墙壁，同时频频地抬起眼睛看看天空，希望曙光终于会出现；但是天空是黑的，漆黑的，比城市还黑得深沉。

大概几点钟了呢？我仿佛走了不知有多长时间了，因为我的腿在身子下面打弯，我的胸膛在喘息，我饿得心慌意乱。

我决定按响第一个能通车辆的大门。我拉动铜钮，铃声在房子里响亮地响起，不过响得有点奇怪，好像这房子里只有这铃声在响。

我等了一会儿，没有人回答，没有人开门。我再拉响门铃，又等。什么反应也没有！

我害怕了！我跑到下一家，在黑暗的走道里，把应该在睡觉的门房的门铃按了有二十次。但他并没有醒。我就走到更远的地方,使尽力气拉环或者按钮,用我的脚、手杖和手执拗地敲击一个个紧闭的大门。

我突然发现我到了中央菜市场。大菜市空空荡荡,没有声响,没有动静,没有一辆车,没有一个人,没有一捆蔬菜或鲜花。——它空空如也,一片寥落,仿佛被人类抛弃了,死了!

我顿时感到一阵恐惧——太可怕了。发生了什么事?啊! 天呀! 发生了什么事?

我又走起来。可是,几点钟了呢? 几点钟了? 谁能告诉我几点钟了? 没有一个钟楼或建筑物里的钟在敲响。我想:"还是让我打开自己的表的玻璃蒙,用手指头探一探指

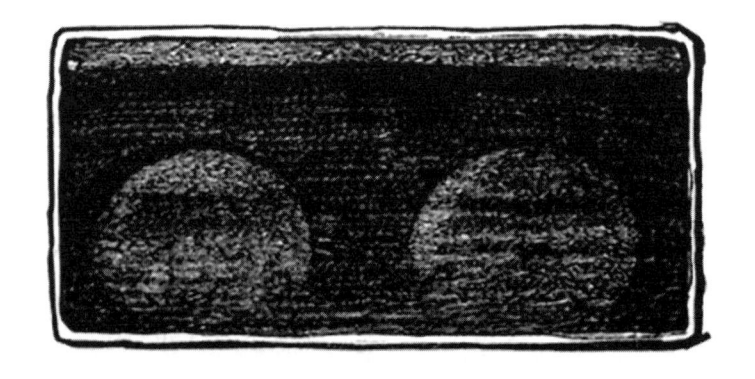

针吧。"我掏出怀表……它不响了……它停了。再也没有什么，再也没有什么，城市里再也没有一点战栗，一缕亮光，空气里再也没有一丝窸窣。什么也没有！什么也没有了！甚至没有出租马车远远的滚动声——什么也没有了！

我来到沿河马路，一股冰冷的寒气从河里升上来。

塞纳河水还在流吗？

我想知道，我找到阶梯，我走下去……我听不见桥拱①下有流水翻腾……又下了几个梯级……然后就是沙地……淤泥……然后就是河水……我把胳膊伸进河水里试探……河水在流……在流……好冷……好冷……好冷呀……几乎冻结……几乎干涸……几乎僵死。

我清楚地感觉到我再也没有力气登上岸去……我……我也将死在这里……饿死——累死——冻死。

---

① 从中央菜市场直接向南，应是来到新桥旁的塞纳河。

埃拉克琉斯·格罗斯博士[*]

* 本篇第一章至第十七章、第十八章至第三十章先后首次发表于一九二一年十一月十五日和十二月一日的《巴黎杂志》；一九三四年首次收入法兰西书局出版的莫泊桑全集第一卷。

1

埃拉克琉斯·格罗斯博士
在精神上是个怎样的人

埃拉克琉斯·格罗斯博士是个很有学问的人。尽管本城各家书店里从未出现过由他署名的哪怕是最小的小册子，崇尚学识的巴朗松①城的居民全都视他为很有学问的人。

他是怎样成为博士，又是哪方面的博士呢？人们只知道他的父亲和他的祖父都被他们的同乡称为博士。他在继承他们的姓氏和财产的同时，也继承了他们的称号；在他的家

---

① 巴朗松：作者虚构的地名。

里，就像从父亲到儿子都叫埃拉克琉斯·格罗斯一样，从父亲到儿子都是博士。

再说，尽管他没有由任何名牌学校的任何成员签署和连署的文凭,这丝毫也不影响埃拉克琉斯博士是个很可敬很有学问的人。只要看看遮住他偌大书房四面墙壁的四十个书柜里装的书就可以确信,再也没有更博学的博士让巴朗松城引以为荣了。总之,每当有人在学院院长和大学校长面前提到他的身份,总看到他们神秘地微微一笑。人们甚至透露,有一天校长先生曾在总主教阁下面前用拉丁文对他大加赞扬；作为不可辩驳的证据,讲这件事的见证人还引述了亲耳听到的这句话：

Parturiunt montes, nascitur ridiculus mus.①

另外，院长先生和校长先生每个星期日都在他家吃晚

---

① 拉丁文,意为:"大山临盆,生出来的却是一只小耗子。"罗马诗人贺拉斯(前65—前8)《诗艺》中的名句,含有雷声大雨点小的意思。原诗句为:"大山将临盆,它即将生出一个可笑的小耗子。"莫泊桑在引用时稍加改变,用现代时替换了将来时。

饭；因此，任何人也不敢质疑埃拉克琉斯·格罗斯博士是个有学问的人。

2

埃拉克琉斯·格罗斯博士
在形体上是个怎样的人

如果像某些哲学家声称的，一个人的外貌和精神之间真的有一种完全的一致，人们可以在脸的线条上读出性格的主要特点，埃拉克琉斯博士可不是为揭穿这论点提供一个例证而生的。他矮小、活跃而又神经质。他身上有老鼠、石貂和短腿猎犬的成分，也就是说，他属于探求者、啃噬者、逐猎者和不知疲倦者的家族。看着他，人们很难设想他研究过的所有学说都能进入这颗小脑袋，而是更会想象：他应该像钻进一本大书里的耗子一样，亲身深入科学，啃噬科学，在科学里生活。他尤其奇特之处，是身体异乎寻常地单薄。他的院长朋友的话也许不无道理：他曾经被遗忘在一个对开本的书页之间，旁边放着一朵玫瑰花和一朵紫罗兰，长达好几个世纪之久；因为他总是很爱打扮，身上总洒得喷香。尤其是他的脸，像刀锋那么尖削，两只金质的眼镜脚远远超出两鬓，给人一根船桅上悬挂着一根横桁的印象。"如果他不是学识渊博的埃拉克琉斯博士，"巴朗松学院所属的大学校长有时说，"他定然会成为一把极好的裁纸刀。"

他戴假发，衣着讲究，从不生病，喜爱动物，不厌恶人，酷爱吃烤鹌鹑串。

3

埃拉克琉斯博士白天的
十二个小时用来做什么

博士刚起床，抹了肥皂，刮过胡子，吃一个在香草巧克力里蘸过的小黄油面包，填饱了肚子，就下楼来到他的花园。像城里的所有花园一样，他的花园不太大，但是赏心悦目，有阴凉，种着花，很安静，甚至可以说考虑周全。总之，人们想象中一个探求真理的哲人的理想花园应该是什么样，埃拉克琉斯·格罗斯的花园差不多就是那个样。在开始吃午饭，大嚼那每日不爽的烤鹌鹑串以前，他必定要在这花园里快步兜上三四圈。他常说，跳下床以后的这小小的锻炼真是好极了，它促进被睡眠变得迟钝的血液循环，驱散头脑里的恶劣情绪，并且准备好消化的通道。

这以后，博士就吃午饭。他一口喝完咖啡，绝不沉迷于在餐桌上就开始的消化产生的懒意，立刻穿上宽大的常礼服，走出家门。每天，从学院前面走过，把他的路易十五时代的凸蒙怀表的时间和大学高高在上的大钟对过以后，他就消失在老鸽子小街，直到回家吃晚饭的时候才出来。

埃拉克琉斯·格罗斯来老鸽子小街干什么？他在这儿干……天呀！他在这儿寻找哲学真理！——事情是这样的：

在这条阴暗、肮脏的小街里，聚集着巴朗松所有的旧书商。老鸽子小街由五十座旧房子组成，光把从地窖到顶楼堆着的那些闻所未闻的书的题目全都浏览一遍，就得几年的时间。

在埃拉克琉斯·格罗斯博士看来，这小街、老房、旧书店和旧书就如同他个人的财产。

经常会有某个旧书商，在就要上床的时候，听到顶楼里有响声，于是用过去时代的巨大长剑把自己武装起来，蹑手蹑脚地爬上楼去，却发现……埃拉克琉斯·格罗斯博士——半个身子埋在旧书堆里，一只手端着在他的手指间熔化的残烛，另一只手翻着一本古老的手稿，也许正巴望着能够从中涌现出真理。听说钟楼的大钟早就敲过了九点，他只能吃到一顿差劲的晚餐，他大吃一惊。

因为埃拉克琉斯·格罗斯博士，他的寻索是极其认真的！他对古老的和现代的哲学都有透彻的了解；他研究过印度的各个教派和非洲黑人的各种宗教；在北方的蛮族和南方的野人里，没有一个微小部落的信仰他没有探测过！可叹呀！可叹！他越研究、寻找、搜索、思考，越莫衷一是。

"我的朋友，"一天晚上他对校长说，"哥伦布①的人比我们实在是幸运多了，他们远渡重洋去寻找新的世界；可他们只需要勇往直前就行了。阻挡他们的困难只来自物质的障碍，有胆量的人总是可以穿越的；而我们呢，永远在难以确定的海洋上不停地颠簸，突然被一个假设拖向一边，就像一只船被

---

① 哥伦布：全名克里斯托弗·哥伦布（约1451—1506），意大利航海家、探险家，地理大发现的先驱。

一阵狂风刮走一样;突然又遇到一个对立的理论,就像一阵逆风,把我们毫无希望地往回拉,一直拉回我们出发的港口。"

一天夜里,他和院长先生探讨哲学的时候,对他说:"我的朋友,人们说得太对了,真理就像住在一口井里……水桶轮番地下去打捞,打上来的永远只是清水……"他机智地接着说:"我让您猜猜,我是怎么写'傻瓜'这个字的?"[①]

这是人们听他做过的唯一一次文字游戏。

4

埃拉克琉斯博士夜间的
十二个小时用来做什么

晚上,当埃拉克琉斯博士回到家的时候,通常总要比出门的时候臃肿一些。因为这时他的每一个口袋——他一共有十八个口袋——里面都装满了刚从老鸽子小街买来的古旧哲学书;

---

① 法语"水桶"(seau)和"愚蠢"(sot)是同音异义词。

爱开玩笑的院长坚称：如果有一位化学家这时对他做个化验，准会发现这些故纸有三分之二都进入了博士的身体结构。

七点钟，埃拉克琉斯·格罗斯坐在饭桌前，一面吃饭一面浏览他刚买来的旧书。

八点半钟，博士庄重地站起来，这时他不再是整个白天那个敏捷和活泼的小个子男人，而是一个严肃的思想家了，像一个在过重的负荷下的搬运工，在崇高的沉思的重压下低垂着头。他对女管家威严地喊了句："我不要见任何人。"就走进他的书房。一进书房，他就在堆满书的写字桌前坐下，并且……思考。如果这时有人能够洞见博士的头脑，会看到多么奇异的景象啊！！……那是最势不两立的神和最不调和的信仰的惊心动魄的游行，各种理论和假设的想入非非的交错。那是所有哲学的冠军在一次巨大联赛中较量的竞技场。他把古老的东方唯灵论①和德国的唯物论、众使徒②的

---

① 唯灵论：一种认为精神是世界的本原、精神本体优于物质的宗教和哲学思潮。它信仰人死后灵魂继续存在。在古希腊哲学中，毕达哥拉斯学派是其重要代表，宣扬灵魂不朽、轮回转世。
② 使徒：据《圣经》记载，耶稣最初选了十二使徒，赋予他们传教的使命。

道义和伊壁鸠鲁①的道义混合、组合、掺杂在一起。就像人们在实验室里尝试各种化学组合一样，他尝试不同理论的组合，但是表面上却从来看不到他殷切期待的真理沸腾。而他的好友校长坚持认为，那永恒期待的哲学真理更像是一块揭开难解之谜的……绊脚石。

博士半夜十二点钟上床睡觉。——而他睡觉时做的梦和他醒着时的梦是一样的。

5

院长把一切都寄望于折中主义，

而博士寄望于启示，

校长寄望于消化

一天晚上，院长先生、校长先生和博士聚集在后者那宽

---

① 伊壁鸠鲁（前341—前270）：古希腊哲学家、无神论者，被认为是西方的重要唯物主义哲学家，其哲学要义在于学会欢乐，所以伊壁鸠鲁主义又被诠释为享乐主义。

敞的书房里，有过一次再有趣不过的争论。

"我的朋友，"院长说，"一定要做个折中主义者和伊壁鸠鲁的信徒。请选择好的，摒弃坏的。哲学是一个广袤的花园，它阔及整个世界。请摘取东方绚烂的花、北方苍白的花、田野里的紫罗兰和花园里的玫瑰花，把它们做成一个花束，闻闻看。即便这花束的香味不是人们能够梦想的最美妙的，至少也是非常宜人的，比只有一朵花——哪怕它是世界上最香的花——要甜美千百倍。"

博士先生接着说："更多样，那是肯定的，但是更香，就未必，如果您能找到把其他所有花的香味都汇聚、集中于一身的花。因为在您的花束里，您不能阻止某些香味互相损害，而在哲学上，某些信仰是互相对立的。真理是一个整体。通过您的折中主义，您获得的永远只是支离破碎的真理。我呢，我曾经也是折中主义者，但现在我是个独尊真理者。我要的不是偶然碰到的'差不多'，而是绝对的真理。我想所有理智的人在这方面都是有预感的。他在路上发现真理的那一天，会大呼：'它就在这里。'在美的问题上也一样；比方说我，我直到二十五岁也没有恋爱过；我远远见过许多漂亮的女人，但是她们对我毫无意义。为了合成一个我预想中的理想存在，需要从她们身上各取一点，而且做得还要像您刚才说的花束一样。但即使这样也得不到完美的美，因为完美的美就像金子和真理一样，是不可分解的。终于有一天，我遇到这个女人，我明白了是她——于是我爱上了她。"博士有点激动，不说了。校长先生看着院长先生诡秘地一笑。过了一会儿，埃拉克琉斯·格罗斯继续说："我们应该把一切都寄望于启示。是启示在前往大马士革的路上照亮了使徒保罗[①]，给了他对基督的信仰。……"

"……这不可能是真的，"校长笑着说，"既然您不信仰基督教。——总之，启示并不比折中主义更可靠。"

博士又说："对不起，我的朋友，保罗不是哲学家，他只是获得过一个大致的启示。他的头脑不可能抓住绝对真理，因为它是抽象的。但是自那以后哲学就运转起来了，有一天，一个随便什么样的时机，一本书，也许一句话，就能向一个足够明智的人揭示并让他懂得真理，真理就能一下子

[①] 使徒保罗（约3—约67）：本名扫罗，他不在十二使徒之列，但他是早期基督教会最有影响的传教人之一。

把他照亮，在他面前一切迷信都会消失，就像太阳升起时星星会消失一样。"

"阿门，"校长说，"但是明天您就会有第二个被照亮的人，后天又会有第三个，他们会互相用各自受到的启示砸对方的脑袋，幸而这些启示不是很危险的武器。"

"但是您就什么也不相信？"博士嚷道，他开始生气了。

"我相信消化，"校长郑重地回答，"我不加区别地把所有的信仰、所有的教义、所有的道德、所有的迷信、所有的假设、所有的幻象都吞下去，就如同在一顿丰盛的晚餐中以同样的乐趣吃浓汤、冷盘、烤肉、蔬菜、糕点和甜品；然后，我便超然地躺在床上，自信宁静的消化会带给我一夜舒适的睡眠，以利明天的生活和健康。"

"如果您同意的话，"院长急忙拦住他的话头，说："咱们别把比喻扯得再远了。"

一个小时以后，他们从学者埃拉克琉斯的家里出来，校长突然大笑，说："这个可怜的博士！如果真理在他看来就像心爱的女人，那么他就是地球上被欺骗得最惨的男人了。"校长尖尖的假嗓子伴着院长以深沉的男低音发出的洪亮笑声，把一个正挣扎着回家的醉汉吓得摔倒在地上。

6

博士的大马士革之路①

在老鸽子小街,

以及真理如何以一份关于灵魂转世的手稿

的形式照亮了他

基督纪年一七〇〇……余年三月十七日,博士醒来十分激动。夜间,他好几次在梦中看见一个白乎乎的高大男子,穿着古人的服装,用手指指着他的额头,说些听不懂的话。在博学的埃拉克琉斯看来,这个梦是一个意味深长的警告。关于什么的警告? …… 具有哪方面的意味呢? …… 博士不清楚,不过他还是等待着什么。

吃过午饭,他像惯常一样前往老鸽子小街,钟敲十二点

---

① 大马士革之路:据《圣经》记载,保罗起初认为耶稣是违背传统犹太教信仰的异端,因而仇恨基督徒;但在从耶路撒冷去大马士革迫害基督徒的路上,耶稣显灵让他皈依了基督教,成为基督教主要的传教者之一。因此"大马士革之路"常被用来表示改变信仰之路。

的时候，他走进三十一号，尼古拉·布里克莱的铺子，此人是礼服商、古家具商、旧书商、古鞋修理匠，也就是说，空暇的时候他也是补鞋匠。博士就好像被一个灵感驱使着，立即爬上顶楼，把手放在一个路易十三时代的书柜的第三格，取出一本部头很大的羊皮纸手稿：

我的十八次灵魂转世
所谓基督纪元的一八四年以来
我的存在史

紧接着这个奇特的标题，是埃拉克琉斯·格罗斯立刻辨认出的以下引言：

这份手稿包含了对我的历次轮回的忠实叙述，就像下面所说，它是我于基督纪元一八四年在罗马城里开始写的。

今天，一七四八年四月十六日，在我的命运变迁把我弃置到的城市巴朗松，我签字确认写了这份向人类阐释灵魂交替再现的文稿。

一切明事理和关心哲学问题的人，只需把目光投在这些篇页上，您的思想就会豁然开朗。

为此，我要先用几行文字将我的历史的要点做个概述。再后您就可以阅读我的历史，只需您略通拉丁文、希腊文、德文、意大利文、西班牙文和法文，因为在我作为人类再现的不同时期，我曾经在这几个不同的民族中生活。接着我将会解释，我是通过何种思想的推敲、做了何种心理的防范、利用何种记忆的方法，万无一失地得出灵魂转世的结论。

一八四年，我住在罗马，我是哲学家。一天，我在亚壁古道①上散步，忽然心有灵犀，想到毕达哥拉斯②

---

① 亚壁古道：拉丁文为 Via Appia，起始于罗马、沿蒂勒尼安海岸的一条大路，公元前四世纪由罗马执政官阿皮尤斯·克劳迪乌斯（约前312—前279）主导修建，起初通到卡普阿，后来延伸至布林迪西，全长约五百公里。斯巴达克斯起义的六千个奴隶就是在这里被钉在十字架上死去的。

② 毕达哥拉斯（约公元前580—约前500和前490之间）：古希腊数学家、唯心主义哲学家，在科学特别是数学方面多有建树。他和他的信徒们组成了"毕达哥拉斯学派"，影响深广。灵魂轮回说是他的学说的一个重要内容，据说有一天他经过一个虐待狗的路人身旁，顿生怜悯，对那人说："请停止打它，因为这是我的一个朋友的灵魂，听到它的声音我认出他来。"他迷信灵魂转世，认为"肉体是灵魂的坟墓"，并订立了一些戒律，宣扬遵守这些戒律可使灵魂"净化"。

很可能就像是一个伟大白昼诞生前仍然朦胧的曙光。从这时开始,我就只有一个欲望,一个目标,一个持续不断的念头:回忆我的过去。可惜啊!我的所有努力都徒劳无功,前世的存在一点也想不起来。

然而有一天,我偶然在我家中庭的一尊丘比特①雕像的基座上发现我年轻时刻下的几条杠,它突然让我想起久以忘记的一件事。就好像脑海里突然闪过一道亮光;我领悟到,如果几年的时间,有时甚至只是一夜的时间,就足以抹去一个记忆,那么前几世的生活中做过的事,中间又经过一再转生为动物的漫长的懵懂无知的状态,当然会从我们的记忆中消失。

于是我把我的历史刻在一些石板上,希望命运有朝一日也许会又把它放在我的眼前,他对我来说会是在我的雕像基座上找到的笔迹那样。

我所希求的事情实现了。一个世纪以后,由于我是建筑师,人们要我拆掉一座老房子以便在它占据的地方

---

① 丘比特:古罗马主管天地和所有生灵的神,也是其他神的主人;古罗马人爱把他和希腊神话中的主神宙斯相提并论。

建一座宫殿。

一天，我指挥的工人们拿给我一块他们挖地基时找到的布满字迹的破碎的石头。我立即辨认起来；就在读留下这些字迹的那个人的历史的时候，一个被忘却的过去像迅疾的闪光一样立刻回到我的脑海。我的心灵逐渐变得亮堂了，我明白了，我想起来了。这块石头，就是我刻画的！

可是，在这一个世纪的间隔里，我干了什么呢？我变成了什么呢？我是在什么形式下受苦的呢？没有任何东西能让我知道。

然而有一天，我有了一个线索，不过这线索太单薄、太模糊，我甚至都不敢提及。一个邻居老头儿告诉我，五十年前（恰好在我诞生之前九个月），元老院议员马尔库斯·安东尼乌斯·科内利乌斯·里帕遇到的一桩奇事，曾在罗马成为广为流传的笑谈。他的老婆长得很漂亮，但是据说也很有邪癖，向腓尼基①商人买来一

---

① 腓尼基人：居住在腓尼基地区的古代民族，该地区大致相当于现在的黎巴嫩。腓尼基文明在公元前一二〇〇年和前三〇〇年之间曾达到高度繁荣。

只大猴子，对它喜爱有加。科内利乌斯·里帕议员对他的另一半对这个人面四手动物的感情十分嫉妒，竟然把这猴子杀掉了。听着这故事，我隐约看出这猴子就是我，我曾经在这个形式下受了很久的苦，就像经历了一次沦落。但是我找不到任何清晰和准确的东西。不过我还是倾向于认为这假设是可以成立的，至少是非常可能的。

动物的形式是对在人的形式下犯了罪的灵魂的一种惩罚。让动物记得它们有过高级的存在，是让它们感到自己的沦落从而对它们进行惩罚。

只有通过受苦而得到净化的灵魂才能重新获得人的形式，这时它就失去了对自己穿越过的动物时期的记忆，因为它已经新生了，这种记忆对它来说会是一种不应承受的痛苦。总之，人应该保护和尊重动物，就像人们尊重正在赎罪的罪人；这样，当人在动物的形式下重新出现的时候，其他人也会保护他。这就近乎回到了基督道义的这句格言："己所不欲，勿施于人。"

通过我历次灵魂转世的故事，人们将会看到我怎样幸运地找到对每世生活的记忆；我怎样把这故事先是写在青铜板上，接着写在埃及纸莎草纸上，最后，很晚以后，写在我今天用的德国羊皮纸上。

现在，我只需从这个见解中提取出哲理性的结论了。

一切哲学都停止在灵魂的命运这个不可解的问题前面。今天占优势的基督教教义教导我们，上帝把好人聚集在天堂，而把恶人送进地狱，让他们和魔鬼一起被烈火燃烧。

但是现代人的公正的判断力不再信仰有一张族长的面孔、像母鸡护小鸡一样在翅膀下庇护好人的灵魂的上帝；另外，理性也在反驳基督教的教义。

因为哪里也不可能有天堂，哪里也不可能有地狱；

既然无垠的空间居住着和我们的世界相似的人类；

既然从地球开始存在以来，一代接一代的生灵，在我们这样有人居住的无数的星球里世代繁衍，灵魂的数量是那么超乎自然和不可控制，由于繁殖是无限的，上帝也会被搞得晕头转向，不管他的头脑多么强大，魔鬼的处境也一样，这就会导致可怕的紊乱；

既然好人的灵魂的数量是无限的，恶人的数量和空间一样也是无限的，就要有一个无限的天堂和一个无限的地狱，这就会导致：到处是天堂，到处是地狱，也就成了哪里什么都不是。

然而理性并不否定对灵魂转世说的信仰：

灵魂由蛇过渡到猪，由猪过渡到鸟，由鸟到狗，最后到猴子再到人。然后每次犯一个新错误又总要重新开始，一直达到它涤去尘世罪恶的顶点，让它进入一个更高级的世界。它就这样不停地从动物到动物，从天体到天体，从最不完善到最完善，最后到达极度幸福的星球。从那里，一个新的错误又可能把它抛到极度痛苦的区域，让它重新开始它的轮回。

循环，这普遍的和命中注定的形态，就这样封闭着我们生命的变迁，就如同它操纵着世界的演化。

7

高乃依①的一句诗
何以能有两种诠释

埃拉克琉斯博士读完这部奇特的文件，惊讶得愣了好一

---

① 高乃依：全名皮埃尔·高乃依（1606—1684），法国剧作家和诗人，古典主义戏剧的代表作家之一，悲剧《熙德》是其最著名的传世之作。

会儿;然后,他价也没还,就花十二利弗尔①十一苏把它买了下来。因为旧书商让他相信那是从庞贝②废墟中挖掘出来的希伯来文手稿。

博士四天四夜没有离开他的书房。由于耐心并且借助词典,他好歹解读了手稿叙述德国和西班牙时期的部分,因为他精通希腊文、拉丁文,会一点意大利文,但他几乎完全不懂德文和西班牙文。他害怕陷入最愚蠢的误解,最后还请校长朋友把他的译文重读了一遍。这位老友对这两种语言可谓了如指掌,非常高兴地这么做了;不过在认真着手这项工作之前,他耽搁了三个整天,因为每当他浏览博士的文本,他笑得那么久,那么厉害,有两次几乎笑晕过去。有人问他这么非同寻常地大笑是何原因。"原因?"他回答,"首先可以举出三个:一,我的卓越同行埃拉克琉斯那扬扬得意的尊容;二,他那令人笑弯了腰的译文,它就像一把吉他和一架风车

---

① 利弗尔:法国旧时记账货币,一利弗尔相当于一法郎。
② 庞贝:意大利西南部坎帕尼亚地区的一座古城,公元七十九年秋因其西北方九公里的维苏威火山大爆发而被掩埋;庞贝废墟于十六世纪末期被发现,一七四八年正式进行发掘,约在一八六〇年开始学术性勘察。

相比，与原文风马牛不相及；三，原文本身就是难以想象的滑稽透顶的东西。"

顽固的校长啊！什么也不能说服他。哪怕太阳亲自来烧掉他的胡子和头发，他也会认定那是一支蜡烛！

至于埃拉克琉斯·格罗斯博士，我无须说他容光焕发、春风满面、判若两人——就像波丽娜①一样，他张口就说：

我看见，我感到，我相信，我醒悟。

每一次校长都要打断他，让他注意"醒悟"应该写成两个词，而且后一个词要加"s"，写成：

我看见，我感到，我相信，我受骗。②

---

① 波丽娜：高乃依剧作《波里厄克特》中的女主人公。以下所引诗句出自该剧第五幕第五场，但"我感到"在原诗中是"我知道"。
② 法语"醒悟"（désabusé）加上 s，再分成两部分，变为 des abusés，就成了"属于受骗者"。

8

正如可以

比国王更保王，比教皇更虔诚，

人也可变得比毕达哥拉斯

更信仰灵魂转世

一个遇难者在无边的大海上流浪了一个又一个漫长的白日和漫长的夜晚，在脆弱的木筏上迷失方向，没有桅杆，没有帆，没有罗盘，没有希望，突然远远看到渴望的海岸，该是多么愉快啊！但这愉快和埃拉克琉斯·格罗斯博士这时感到的愉快相比，简直微不足道。在无法确知的木筏上，被各种各样的哲学的波涛颠簸了那么长时间以后，他终于受到启迪，胜利地进入灵魂转世的港湾。

这个学说的真理那么强烈地震撼了他，他义无反顾地拥抱它，直到它最极端的结论。在他看来，这里面没有任何东西是晦暗不明的；他用了几天的时间，通过锲而不舍的沉思和计算，已经能确定一个死于某年的人在世上重现的准确时间。他能所差无几地知道一个灵魂每次轮回到低级存在的日期;通过对一个人在世的最后时期做下的善与恶的所谓总结,他能说出这个灵魂进入一条蛇、一头猪、一匹劳作的马、一头牛、一条狗、一头象或者一只猴子的身体的时刻。同一个灵魂在它的更高级的包装下的间隔都是有规律的,不管它以前犯的是什么样的过错。

所以,惩罚的程度总是和犯罪的程度成正比,不在于这个灵魂被流放于动物形式的时间长短,而在于它在一个邪恶畜生的皮肤里待的时间长短。动物的阶梯从蛇和猪这样低级的等级开始,到猴子结束,所以博士常说,猴子是"被剥夺了语言的人"。听到这里,他的卓越的校长朋友总是回答:根据同样的推理,埃拉克琉斯·格罗斯不是别的东西,就是一只会说话的猴子。

9

奖章的正面和背面

在他的惊人发现以后的几天里,埃拉克琉斯博士很是得意。他生活在深深的狂喜里；他神采飞扬，因为他克服了重重困难，揭露了奥秘，实现了伟大的希望。灵魂转世说像太阳一样包围着他。在他看来，就像一层面纱突然撕破，他的眼睛看到了前所未见的事物。

吃饭的时候他让他的狗坐在他的身边，在炉火边和它郑重地面对面，试图在这无辜的动物的眼睛里捕捉到前世生存的秘密。

然而他在自鸣得意之际还是看到两个黑点，那就是：院长先生和校长先生。

每当埃拉克琉斯试图让他们皈依灵魂转世的理论时，院长总是气愤地耸耸肩，而校长总是用最出格的玩笑骚扰他。有一点尤其不能容忍。博士一开始阐述他的信仰，可恶的校长就顺着他的意思大表附和；他模仿倾听大使徒宣道的信徒的样子，他为周围的每个人想象出一套最难以置信的动物家谱："所以，"他说，"教堂的敲钟人拉绷德大叔，从他第一次轮回开始，除了傻瓜就没有做过别的东西。而且从此他很少有什么改变，总是满足于从早到晚叮叮当当地敲钟；他就是在那口钟下面长大的。"他断言圣厄拉利堂区的首席助理司铎罗桑克鲁阿神父，毫无疑问曾经是个能啄落核桃的小嘴乌鸦，因为他还保留着它的袍子和能耐。另外，他还以最可悲的方式颠倒了角色，肯定药房的波卡依老板只不过是一只退化了的白鹮，既然么简单的药他还得用针管注入，而依据希罗多德①的说法，这神圣的鸟用它伸长的喙就能自己服用。

10

何以一个江湖骗子
比广有学识的博士更有心计

尽管如此，埃拉克琉斯博士并不气馁，还是继续他的一系列发现。从此，一切动物在他看来都具有了一种神秘的含义：他看动物不再只是为了探察在这包装下正在净化的人，而是仅仅通过它赎罪的皮肤的外观就猜出它以往的过错。

一天，他在巴朗松广场上散步，远远看见一个大木板房，从里面传出一阵阵可怕的吼叫声，而在木房前的高台上，一

---

① 希罗多德（约前480—前425）：古希腊历史学家和地理学家。其著作《历史》，记载旅行见闻和第一波斯帝国历史，被视为西方文学史上第一部完整传世的散文作品，他也因此被誉为"历史之父"。

个手和脚的关节任意扭动的小丑,邀请大家进去观看可怕的驯兽师"斧头王"或者"霹雳雷"如何工作。埃拉克琉斯深受感动,付了十个生丁进了场。啊,命运之神!伟大智慧的保护者啊!他一进这木板房,就发现一个巨大的笼子,上面写着这样三个令他眼花缭乱的闪光的大字:"林中人"。博士顿时受到强烈的精神震撼,不禁感到一阵神经质的颤抖;他激动得哆嗦着,走近那铁笼。只见一只巨大的猴子,就像裁缝和土耳其人习惯的那样,悠然自得地盘腿而坐;在这人类最后一次转世的绝佳样本前,埃拉克琉斯·格罗斯高兴得脸色煞白,陷入深深的沉思。几分钟以后,"林中人"大概猜到了这目不转睛看着它的城里人心里突然萌发的难以抑制的同情心,对它的还原了的兄弟做了一个那么可怕的鬼脸,博士感到自己的头发都竖起来了。接着,这四手公民做了一个和人,哪怕是一个绝对降了级的人的尊严也绝对格格不入的古怪的杂技动作,然后冲着博士的胡子放肆地纵声大笑。不过博士丝毫也不觉得这古老错误的受害者的高兴劲儿冒犯了他;相反,他从中看到了猴子与人类的又一种相似,一种更大的亲属关系的可能性;他的科学的好奇心变得那么强烈,他决定不惜任何代价把这做怪脸的大师买下来,以便从容地加以研究。如果他终于能够和人类的这个尚处在动物阶段的部分建立起联系,理解这可怜的猴子,并且让它也理解自己,对他来说会是何等的荣幸!对他的伟大理论来说这会是何等的胜利!

当然了,杂耍班的老板对他收养的猴子大加赞扬;在他漫长的驯兽表演生涯中,这的确是最聪明、最温顺、最听话、最可爱的动物;为了证明他的话,他甚至到笼子边,把手伸进去;那猴子立刻就闹着玩似的咬他的手。当然了,他要了一个令人难以置信的高价,埃拉克琉斯同样价也没还就如数照付。交割完毕,博士就走在前面,让两个被笼子压弯了腰的搬运工跟在后面,凯旋似的向自己的住处走去。

11

埃拉克琉斯·格罗斯博士
也难免有
男性的所有弱点

不过他越走近自己的家,越放缓了脚步,因为他的头脑里搅动着一个比哲学真理还要困难的问题;倒霉的博士的这个问题可以这样表述:"用什么借口向我的女佣奥诺丽娜隐瞒把这个人类粗坯引进屋的事呢?"啊! 须知可怜的埃拉克琉斯可以无畏地对抗院长先生可怕的轻蔑和校长先生无情的嘲弄,面对女佣奥诺丽娜的发作却远不是那么勇敢。那么,博士何以如此惧怕这个小女人呢? 她依然稚嫩而又听话,对主人的利益又是那么在意和忠诚? 为什么? 您最好是去问问为什么赫拉克勒斯①在翁法勒的脚边纺线,为什么参孙②任凭大利拉③剃掉他的力量和勇气,既然《圣经》告诉我们,他的力量和勇气都在他的头发里。

唉! 一天,博士正在田野里排解他的伟大热情遭到背

---

① 赫拉克勒斯:古希腊神话中的英雄,神王宙斯与阿尔克墨涅之子,天生力大无穷。他曾完成十二项"不可能完成"的业绩。完成十二大功之后,他意外地杀死了好友伊菲托斯;为了赎罪,他被卖给吕底亚的女王翁法勒当一年奴隶,穿女装,和女仆们一起侍奉女王。
② 参孙:《圣经》记载中的古代犹太人的领袖之一,大力士。他的力量和他的头发长度成正比,而且为了尊重对神发下的誓愿,他从不剪头发和胡子。
③ 大利拉:参孙的情妇。她探知参孙的力量在于他的头发,趁他熟睡时剪掉他的头发,交给他的仇人非利士人。非利士人弄瞎了他的眼睛,强迫他在监狱里推磨。

叛而感到的悲哀（因为某个晚上，院长和校长回家的时候，会为自己不无道理地取笑了埃拉克琉斯而十分开心），在一个篱笆的角落里看到一个放羊的小女孩。这博学的人并不是永远都在特别寻找哲学真理，那时也还没有想到灵魂转世的伟大秘密；他并不关心那些羔羊——如果他知道他当时还不知道的事，他肯定会那么做的—唉！而是和放羊的女孩说起话来，并且不久后就雇用了她。有了第一次的软弱，其他的就接踵而来。在不长的时间里，他自己也变成了这牧羊女的羔羊。不过人们低声议论：如果说这乡下的大利拉像《圣经》中的那个大利拉一样，剃掉了这个过于轻信的男人的头发，她却没有除去他脑门上的所有饰物。

唉！他预料的事果然成了现实，甚至超过了他的担心；奥诺丽娜一看到这关在笼子里的林中居民，就义愤填膺，向被她吓坏了的主人倾泻了一堆不堪入耳的形容词之后，又把怒气发在身边这位不速之客的头上。但是后者肯定没有和博士同样的理由迁就一个如此缺乏教养的管家，它又是叫喊，又是吼叫，又是跺脚，还咬牙切齿；它攀在它的监狱的铁栅上，大发雷霆，还对一个第一次见到的人做了一个很不雅观的动作。奥诺丽娜只得打退堂鼓，像被击败的格斗士一样，退避到厨房里。

就这样,埃拉克琉斯成了战场的主人;他非常高兴这位聪明的伙伴为他提供的意外援助,让人立刻把它搬到他的书房里,把笼子及其居民安置在他的书桌前面,壁炉旁边。

12

为什么说驯兽师和博士
绝不是同义语

就这样,二者面对面,开始意味深长地眉目传情;在整整一个星期的时间里,每天都有几个漫长的小时,他和为自己的研究弄来的有趣对象用眼睛无声地交谈(至少他以为如此)。但是这还不够;埃拉克琉斯想要的是研究自由状态下的动物,以便出其不意地捕捉它的秘密、意愿、思想;他要让它随意地走来走去,通过亲密生活的经常接触看到它恢复忘却的习惯,通过明确的迹象认出它对前世的记忆。不过要做到这一点,他的客人必须获得自由,从笼子里出来。但是没有任何事比这么做让人更不放心的了。博士尝试诱惑它,用蛋糕和核桃吸引它，都无济于事。每当埃拉克琉斯离笼子稍近一点，那四手动物就做出些令埃拉克琉斯的眼睛不安全的动作。终于有一天，他实在忍不住了，突然走到笼子边，把钥匙在锁眼里一拧，把笼门大开，紧张得心怦怦直跳，赶快后退几步，等着；没过多久，期待中的事情就发生了。

吃惊的猴子先是犹豫了一下，接着一跳就到了笼子外面，又一跳到了桌子上，一秒钟不到就把纸张和书弄得乱七八糟，然后第三跳到了博士的怀里；它高兴的表示是那么激烈，博士若不是戴着假发，他最后仅剩的头发肯定就留在他的可怕的兄弟的手指缝里了。不过，如果说猴子很灵活，博士也不亚于它：他左一跳，右一闪，像一条鳗鱼一样滑到桌子底下，像一只猎兔狗一般穿过一张张扶手椅，在穷追不舍的猴子的追赶下，最后跑到门边，猛地把门关在身后；然后，他就像一匹到达终点的赛马一样气喘吁吁地扶着墙，免得跌倒。

在这一天余下的时间里，埃拉克琉斯·格罗斯都精疲力竭。他感到自己像垮了一样；但是最让他挂心的，还是完全不知道他自己和他的没有先见之明的客人如何才能走出各自的困境。他搬了一把椅子放在这扇不可逾越的门的旁边，利用锁孔为自己设置了一个观察哨。这时他看见，啊，真是奇迹！！！啊，真是意想不到的乐事！！！他看见得意的战胜者正仰坐在一把安乐椅里，在炉边烤脚呢。在突来狂喜中，博士差一点闯了进去；但是理智拦住了他，就像灵光一现让他心智顿开一样，他想：饥饿也许可以做到柔情做不到的事。这一次事实证明他是对的，饥饿的猴子投降了。这毕竟是个好样的猴子，他们完全和解了，从这一天起，博士和它就像两个老朋友一样在一起生活了。

13

好国王亨利四世听了两位大律师的辩护，

认为他们都有道理；

埃拉克琉斯·格罗斯的处境

和他正好完全一样

这个值得纪念的日子过去了若干时间以后，一阵暴雨让埃拉克琉斯博士没法像平常一样下楼到花园去。他从一清早起就坐在书房里，开始从哲学角度观察他的猴子。猴子蹲在一个文件柜上，向卧在壁炉前的那只名叫毕达哥拉斯的狗扔纸球玩。博士在研究降了级的人的智力的增减变化，比较他面前的这两个动物的机敏程度。"在狗的身上，"他想，"本能还占据着主导地位；在猴子的身上，推理已经占优势。前者嗅，听，用它绝佳的器官进行感觉，但这些器官在他的智慧里只占有一半的地位；后者则已经会归纳和思考。"这时，猴子对敌人的无动于衷和无所作为表现得很不耐烦，因为狗静静地趴着，头放在前爪上，只满足于偶尔抬头望一眼据守在高处的挑衅者；它决定做一次火力侦察。它从家具上敏捷地跳下来，轻轻地向前走，轻得绝对只听见炉火的噼啪声和在书房的深沉寂静中显得格外响的挂钟的嘀嗒声。接着，它突然出其不意的一个动作，用两只手抓住倒霉的毕达哥拉斯的毛茸茸的尾巴。然而那条狗始终一动不动，注视着四手动物的每一个动作。其实它的平静只是一个陷阱，是为了把到现在一直攻击不到的对手引到自己够得到的距离里来；就在猴大师自以为得计，去抓它的尾巴的时候，它一跃而起，趁对方还来不及逃跑，就用猎犬般有力的大嘴咬住对手的在羊身上人们婉转地称作"吉戈"①的部位。如果不是埃拉克琉斯

---

① 吉戈：法国中世纪的一种乐器，法文为 gigue；一些动物如羊、鹿等的后腿形状与之相似，法国人便称之为发音与之相近的"吉戈"(gigot)。

把它们拉开，真不知道这场格斗会怎样结束。不过，恢复了和平以后，他一边气喘吁吁地重新坐下，一边心想：如果他观察得不错的话，在这紧要的关头，他的狗是不是表现得比称作"最狡猾"的那个动物更狡猾？他久久地陷在深深的困惑里。

14

埃拉克琉斯怎样差一点
吃掉一串昔日的漂亮女人

因为到了吃午饭的时间，博士便走进饭厅，在饭桌前坐下，把餐巾往礼服里一塞，把那部珍贵的手稿摊开放在旁边。他正要把一只又肥又香的鹌鹑的翅膀往嘴里送的时候，把眼睛投向那部神圣的书，目光落在几行文字上，这几行文字在他眼前是那么光辉灿烂，比那只无形的手突然写在名叫伯沙撒①的

---

① 伯沙撒（？—约前539）：据《圣经》记载，伯沙撒是新巴比伦帝国迦勒底国的最后一个国王。一日大宴朝臣，将其父那波尼德从耶路撒冷掠来的金银器皿拿出来饮酒。其间突然从神那里显出指头来，写下三个字。这三个字，据解释："弥尼"，就是神已经算到你国的年日到此完毕；"提客勒"，就是你被称在天平里显出你的亏欠；"乌法珥新"，就是你的国分裂，归与玛代人和波斯人。当夜伯沙撒被杀；六十二岁的玛代人大利乌夺取了迦勒底国。

著名国王的宴会厅墙壁上的三个众所周知的字犹有过之!

以下就是博士读到的文字:

> 不要吃任何活物,因为吃动物,那就是吃自己的同类。我还认为,深谙伟大的灵魂转世真理的人,屠杀和吞噬动物同样有罪,因为动物不是别的,只是些低级形式下的人,只是些用战败的敌人喂养自己的凶残的食人者。

桌面上,用一根小银针一个接一个穿着的半打鲜嫩肥美的烤鹌鹑,在空气里散发着让人馋涎欲滴的香味。

精神和肚子之间的战斗是残酷的,但是让我们赞美埃拉克琉斯吧,这场战斗对他来说却是短暂的。这可怜的人已经精疲力竭,他生怕抵制不了多久这可怕的诱惑,便摇铃把他的女佣招来,用沙哑的声音吩咐她立即把这该死的美食端走,从此以后只给他准备鸡蛋、牛奶和蔬菜。奥诺丽娜听到这番令人吃惊的话,险些摔了一大跤。她想抗议,但是看到主人的态度是那么坚定,她便端着那些被判死刑的鸟儿逃之夭夭。不过一个愉快的想法让她略感安慰,因为常言说得好:

一个人损失并非所有的人损失。

"鹌鹑！鹌鹑！这些鹌鹑前世是什么呢？"可怜的埃拉克琉斯一边凄惨地吃着奶油花椰菜一边寻思。这一天，这道菜在他看来真是难吃得要命。——什么人那么纤巧、灵敏、精致，能够转生到这些如此小巧和漂亮的美妙小动物的身体里呢？啊！肯定是前几个世纪那些可爱的小情妇……博士想到三十年来每天午餐时都吞噬半打昔日的漂亮女人，脸色变得煞白。

15

校长先生怎样解释上帝的戒律

这不幸的一天的那个晚上，院长先生和校长先生在埃拉克琉斯的书房里聊了一两个小时。埃拉克琉斯立刻向他们陈述了自己的尴尬处境，并且向他们阐明了鹌鹑和其他可食用的动物何以应该被禁止，就像一个犹太人不能吃火腿一样。

院长先生大概晚饭吃得不如意，完全失去了分寸，居然破口大骂,以致对他十分敬重的可怜的博士连忙对自己的盲目表示歉意,甚至到了无地自容的地步。至于校长先生,他完全赞成埃拉克琉斯的忧虑,向他介绍了一个吃动物肉的毕达哥拉斯的信徒,此人很有可能吃到配上蘑菇炖的他的父亲的肋骨和加上块菰烧的他的祖父的脚,而这绝对是违反一切宗教的精神的;为了支持自己的说法,他还引了基督徒的上帝的第四条戒律①:

为活得长久
当孝敬父母

"真的,"他接着说,"对我这个不信教的人来说,与其饿死,我宁愿稍稍改变神圣的信条,甚至这样替代它:

为活得长久

---

① 据《圣经》记载,上帝在西奈山上借以色列的先知和众部族首领摩西向以色列民族颁布了十条规定,又称"十诫";犹太人奉之为生活的准则,也是最初的法律条文。不过第四诫是"须守安息日为圣日",第五诫才是"须孝敬父母"。

当吃你的父母"

16

第四十二次阅读手稿
怎样向博士的头脑里
投入一道新的亮光

就像一个富人每天都可以从他的巨大财富里汲取许多新的乐趣和新的满足一样,埃拉克琉斯博士,不可估价的手稿的拥有者,每次重读它都有出乎意料的发现。

一天晚上,他就要第四十二次阅读完这个文件的时候,一道灵光像突如其来的闪电一样迅疾地掠过他的脑海。

就像我们前面看到的那样,博士能够八九不离十地测知一个逝去的人在哪个时期完成他的轮回,在他的原始的形式下重现;因此,想到手稿作者可能已经重新在人类中找到他的位置,他突然像遭到雷击一样大为震惊。

这时,他就像一个自信即将找到点金石的炼金术士一样兴奋,为了确定这个假设的可能性,立刻投入最精细的计算。

经过几个小时坚韧不拔的工作和渊博的灵魂转世学的综合考量，他终于得出结论，确信这个人应该是他的同时代人，至少也是即将重生到理性的生活中来。不过，因为不掌握任何向他指明这伟大的灵魂转世者死亡的确切日期的文件，埃拉克琉斯还不能肯定他回归的具体时间。

他刚刚隐约看到找到这个人的可能性，就像突然得知早已死去的父亲还活着而且就在身旁一样，激动不已，因为这个人在他看来不只是一个人，不只是一个哲学家，甚至不只是一个上帝。一个以热爱上帝怀念基督生活的圣洁的独居修士，突然明白上帝就要向他现身，也不会比埃拉克琉斯·格罗斯博士确信有朝一日会遇到手稿的作者更加激动。

17

为找到手稿的作者
埃拉克琉斯·格罗斯博士怎样做

几天以后，《巴朗松之星报》的读者们惊讶地在该报第四版发现以下的启事：

毕达哥拉斯——罗马，一八四年——在一尊丘比特雕像基座上找到的记忆——哲学家——建筑师——士兵——农夫——僧侣——几何学家——医生——诗人——水手——等等。请思考和回忆。你的生命的故事在我手里。

函寄巴朗松市H.G.收，存邮局待取。

博士毫不怀疑，倘若他热望联系的那个人读到这则在其他人看来不可理解的启事，立刻会抓住其中隐藏的含义，出现在他面前。于是每天吃饭以前他都去问邮局是否收到给姓名缩写为H.G.的信；而每当他推开写有"邮局，信息，付邮"这几个字的门时，他的心情肯定比就要拆阅心爱女人的第一封情书还激动。

唉！日子一天天过去，都是同样地令他失望；邮局职员每次都给博士同样的回答，而博士每天早晨回家时都更伤心更泄气。然而，巴朗松的居民像世界所有地方的居民一样敏锐、好奇、爱说坏话和爱打听，他们很快就把《巴朗松之星报》登的惊人启事和博士每天的邮局之行联系起来。于是，他们思忖这里面有什么秘密,并且开始互相嘀咕。

18

埃拉克琉斯·格罗斯博士从哪儿
惊讶地认出手稿作者

一天夜里,博士无法入睡,凌晨一两点钟就起床去重读他觉得还没有十分理解的一段文字。他穿上拖鞋,尽可能轻轻地推开卧室的门,生怕打扰在他的屋顶下呼吸的各种类型转生为动物的人的睡眠。不管这些幸运的动物过去的生活环境如何,它们从未享受过如此完全的宁静和幸福,因为这个出类拔萃的人心肠实在太好了,它们在这个好客的房子里找到了好吃的、好住的,甚至不止于此。他蹑手蹑脚地一直来到书房门前,走了进去。啊,当然了,埃拉克琉斯很勇敢,他不怕鬼怪也不怕幽灵;但是,不管一个人多么无畏,总有些恐惧的事儿会像铁球一样在最桀骜不驯的勇气上砸个窟窿;呈现在他面前的一个不可理解的场景,吓得博士站在那儿愣住了,他脸色苍白,心惊肉跳,眼神慌乱,头发直竖,牙齿磕得咯咯响,从头到脚打着哆嗦。

他书桌上的工作灯亮着,而在炉火前,背朝着他进来的门,他看到……埃拉克琉斯·格罗斯正聚精会神地读他的那部手稿。无可置疑……那确实是他……肩膀上披着印有大红花的老式丝绸长睡袍,头上戴着镶金边的黑绒布希腊式软帽。博士明白了,如果那另一个他转过身来,如果两个埃拉克琉斯面对面看着,此时已经在他的皮肤里打哆嗦的埃拉克琉斯,一定会在他的复制品面前像遭了雷击一样倒下。他感到一阵神经质的痉挛,他松开手,拿着的烛台咣当一声滚落在地板上。这咣当声把他吓了一大跳。另一个猛地转过身来,惊慌失措的博士认出那是……他的猴子。他的思想像飓风卷落叶一样在头脑里旋转,足有几秒钟之久。接着,他突然来了一股从未感到过的最强烈的喜悦,因为他明白了,那个他像犹太人期待和渴望救世主一样期待和渴望的手稿作者就在眼前——就是他的猴子。他高兴得几乎发狂似的扑上去,两只胳膊搂着这个可敬的存在,怀着最受宠爱的佳人也没有被情郎如此热烈拥抱过的狂热,疯狂地拥吻它。然后,他在壁炉的另一边,面对着它坐下,虔诚地景仰它,直到天明。

19

博士怎样面临
最严重的抉择

但是,就像最晴朗的夏日有时也会被突然的暴风雨搅乱,博士极乐的心情也屡受最可怕的暗示的干扰。他的确找到了他寻找的东西。但是,唉!那不过是一只猴子。毫无疑问,他们能互相了解,但是他们不能彼此交谈:博士又从天上掉到了地下。再见了,他曾经希望能从中大获裨益的长谈;再见了,他们俩不得不共同进行的反对迷信的美好征战。因为,独自一人,博士没有能将愚昧这怪物打垮的足够的武器。他需要一个人,一个使徒,一个可以信赖的人,一个殉道者,而这是一个猴子无法充当的角色。怎么办?

一个可怕的声音在他的耳边震响:"杀了它。"

埃拉克琉斯·格罗斯打了个寒战。他用一秒钟的时间盘算了一下,如果他杀了它,释放出的灵魂会立刻进入一个正要出生的孩子的身体;这孩子需要至少二十年才能长大成人;

那时博士已经七十岁了。然而这毕竟是可行的。不过,那时他能找到这个人吗?再说,他的宗教信仰禁止他取消任何有生命的存在,否则他会受到谋杀罪的惩罚:他的灵魂,埃拉克琉斯的灵魂,死后会转移到一个凶残的动物的躯体里,就像发生在那些杀人犯身上的情况一样。那又有什么关系?他成为科学——和信仰的牺牲品而已。他抓起挂在一个陈列装饰性武器的盾形板上的土耳其弯形大刀,正要像在山上的亚伯拉罕①那样,去砍杀,一个想法拦住了他的胳膊……如果这个人的赎罪还没有结束,如果他的灵魂不是进入一个孩子的身体,而是再次回到一只猴子的身体里呢?这是可能的,甚至是很可能的——几乎是肯定无疑的。这样犯下一桩毫无意义的罪行,博士注定要受到惩罚,对他的同类也没有好处。他垂头丧气地瘫倒在座位上。反复的激动已经让他精疲力竭,他晕了过去。

---

① 亚伯拉罕:希伯来语,意为"多国之父"。据《圣经》记载,亚伯拉罕是犹太教、基督教和伊斯兰教的共同先知,也是包括希伯来人和阿拉伯人在内的闪米特人的共同祖先。上帝为考验亚伯拉罕,令其携子以撒到摩利亚山,杀子祭献,亚伯拉罕遵命举刀时为天使所阻。

20

博士在哪儿和他的女佣
做了一次简短的谈话

当他睁开眼睛，女佣奥诺丽娜正在用醋擦他的两鬓。已经是早晨七点钟。博士的第一个想的就是他的猴子。那畜生已经不见了。

"我的猴子呢，我的猴子在哪儿？"他大呼。

"啊，好嘛！就让我们谈谈您的猴子吧，"时刻准备发火的女佣兼管家回嘴道，"要是它不见了，那真是太不幸了。天哪，这真是个宝贝动物！它见先生做什么就模仿什么。有一天，我不是见过它正在穿您的靴子吗？还有，今天早上，我把您从那儿扶起来——天知道这一阵子是什么该死的念头在您的脑袋里转悠，让您在床上躺不住！——这个捣乱的畜生，不如说这个披着猴皮的妖魔，竟然还戴着您的无边圆帽，穿着您的睡袍，冲着您笑，好像看着一个人晕过去挺有趣似的，是不是？再说，每次我想走近一点，这个恶棍就向我扑过来,就像要吃了我似的。不过,谢天谢地,我不是个胆小的人,而且有点手劲;我抄起一把铁锹,就在它后背上狠狠敲了一下;它连忙逃到您的卧房里去了,现在应该正在那儿搞什么新花样呢。"

"您竟然打了我的猴子!"气急败坏的博士吼道,"您听着,小姐,从今以后,我要您尊敬它,像对这个房子里的主人一样伺候它。"

"啊,当然了!它不只是这个房子里的主人,而且它早就已经是主人的主人了!"奥诺丽娜相信埃拉克琉斯·格罗斯一定是疯了,咕哝着走回她的厨房。

21

怎样证明只需有

一个亲爱的朋友,

再大的烦恼也能减轻

正像博士说过的,从这一天起,猴子真变成了这座房子的主人,而埃拉克琉斯则成为这高贵的动物的谦恭的仆人。

他一连几个小时地怀着无限的柔情打量它;他对它有着情人般的体贴;他一说话就对它倾尽词典里的所有温情的词语;他像对朋友一样握着它的手,他对它说话时总是凝视着它;他像它解释他言谈中可能看来不清楚的地方;他用最温柔美妙的关注包围着它的生活。

猴子任他去做,像上帝接受崇敬者的膜拜一样心安理得。

就像所有伟大的思想家都生活得孤独,因为他们的高超把他们孤立在愚昧大众的一般水平之上,埃拉克琉斯到这时一直感到孤独。他孤独地工作,孤独地希望,孤独地斗争和失败,最后在他的发现和他的胜利中仍然还是孤独一人。他的理论还没有被大众接受;他甚至未能说服他的两个最要好的朋友,校长先生和院长先生。但是,自从他在他的猴子身上发现他自己就是那个朝思暮想的伟大哲学家,博士感到不那么独立了。

他深信这畜生被剥夺了语言,只是由于它过去犯了错误受到惩罚;而由于不能说话,它才充满了对前世的记忆。埃拉克琉斯热烈地爱上他的这个伙伴,并且从这份感情中获得对打击他的所有不幸的安慰。

的确，对博士先生来说，最近一段时间以来他的生活变得更凄惨了。院长先生和校长先生来看他的次数少多了，在他的周围留下巨大的空虚。自从他禁止在餐桌上提供一切曾经的活物以来，他们甚至连每周日例行的晚饭也不来吃了。他的饮食的改变对他来说也是一个巨大的剥夺，有时成为一种真正的苦恼。他从前总是不耐烦地等待午餐的甜蜜时刻，现在几乎惧怕起它来。他清楚没有任何可口的食物可以期待，垂头丧气地走进饭厅；他被烤鹌鹑串的记忆萦绕着，这记忆就像一桩憾事一样纠缠着他！唉，他已经不是遗憾曾经吞噬过那么多的烤鹌鹑，而是遗憾永远放弃了享用它们的可能。

22

博士在哪儿看出他的猴子
比他想象的还像他

一天早晨，埃拉克琉斯博士被一阵异常的响声惊醒，他跳下床，急忙穿上衣服，向他听见发出异乎寻常的叫喊声和跺脚声的厨房跑去。

狡诈的奥诺丽娜脑子里早就转悠着向夺走主人对她的宠幸的僭越者复仇的最阴险的计划。她熟知这些动物的口味和爱好,巧施诡计把可怜的猴子牢牢拴在菜案的脚上。然后,当她肯定它被牢牢拴住以后,她就退到房间的另一头,亮出最让它眼馋的好吃的东西逗它,让它经受地狱里对罪大恶极的犯人才施加的坦塔罗斯①式的酷刑;这狠毒的女管家则捧腹大笑,想象着只有女人才能想出来的折磨人的妙趣。那个像人的猴子在远远给它看的美食面前气得扭动着身子,被拴在厚重的桌子脚上无法挣脱而怒不可遏,做出各种凶恶的怪相,只能让残酷的引诱者加倍地开心。

最后,就在博士——护犊子的主人,出现在门口的时候,这个毒辣圈套的受害者狠下力气,成功地挣断了拴着它的绳子;若不是愤怒的埃拉克琉斯的强力干预,天知道这四只手的新坦塔罗斯会吃下多少甜食。

---

① 坦塔罗斯:传说中的吕狄亚的皮罗斯国王,因触犯诸神而被打入地狱,罚永受饥渴之苦;他被置于上有果树的河中,河水深及下巴,低头喝水时水即减退,抬头想吃果子时树枝即抬高,总是可望而不可即。

23

博士怎样看出他的猴子
卑鄙地欺骗了他

这一次愤怒压倒了尊敬,博士抓住哲学家猴子的脖子,吼叫着把它拖到书房,给了它一个灵魂转世者的脊梁从未受到过的最厉害的教训。

其实它的罪过仅仅在于它的口味太像它的高级兄弟。埃拉克琉斯的胳膊累了,把可怜的猴子的脖子稍稍松开,它立刻摆脱了受侮辱的主人的钳制,跳到桌子上,抓起放在一本书上的博士的打开的大鼻烟盒,砸到它的所有者的头上。博士只来得及闭上眼睛躲开烟草的旋风,不然肯定会被弄瞎。可是当他睁开眼的时候,罪犯已经无影无踪,带走了它被推定为作者的那份手稿。

埃拉克琉斯懊丧极了。他像疯了一样循着逃犯的足迹冲去,决心不惜一切代价也要追回那部珍贵的羊皮书。他从地窖到顶楼,在家里跑了个遍,打开所有的橱柜,查看所有的家具底下,搜了半天毫无所获。最后,他绝望地走到花园,坐在一棵树下,似乎有一些轻轻的东西时不时地落在他的头顶,他想那是被风吹落的枯叶,忽然看到一个小纸团落在他面前的路上。他捡起来,打开一看。天哪!那是一页手稿!他抬起头,不禁大吃一惊,只见那该死的畜生在静静地准备着同样的新炮弹——而且这样做的同时还做出得意的笑脸;撒旦看到亚当拿起那致命的苹果时做出的鬼脸也没有那么可怕。而从夏娃到奥诺丽娜,女人们还在不停地向我们献上这些苹果。① 看到这情况,一道可怕的灵光突然闪现在博士的脑海,他明白自己被这浑身披着毛的骗子以最可恶的方式欺骗、戏耍、愚弄了;它并不是他期待中的作者,正像它不是罗马教皇和土耳其大苏丹一样。若不是埃拉克琉斯发现身旁有一个园丁用来浇灌远处花坛的唧筒,这珍贵的著作就全部被毁了。他急忙抓起那唧筒,使出超人的力气舞弄着它,给这个背信弃义的家伙出其不意地冲了一个澡。猴子尖叫着,从一个树枝到一个树枝地窜逃;突然,抑或是为了赢得短暂

---

① 据《圣经》记载,亚当和夏娃是人的始祖;上帝创造了亚当和夏娃,并让他们在美好的伊甸园里生活,但禁止他们吃园中知善恶树上的果子;他们受诱惑吃了禁果,被逐出乐园。

喘息而施展的妙计，它把撕碎的手稿向对手迎面扔来，趁机迅速撤离它的阵地，向家里跑去。

手稿还没有砸到博士的时候，博士已经吓得像遭到雷劈似的，四仰八叉摔倒在地；等他爬起来，已经没有力气报复这新的侮辱，艰难地走回书房。略感欣慰的是，手稿只丢了三页。

24

Eurêka[①]

院长先生和校长先生的来访把他从消沉中解脱了出来。他们三个人聊了一两个小时，不过没有一个字谈到灵魂转世说；两个朋友告辞的时候，埃拉克琉斯再也忍不住了。趁院长先生在穿他那件宽袖熊皮长外套，他把不那么害怕的校长先生拉到一边，对他述说自己的各种不幸。他对他说他如何自以为找到了手稿的作者，他怎么弄错了，他的可恶的猴子

---

① 希腊语，意为："我找到了""我有办法了"。据说是古希腊哲学家、百科全书式科学家阿基米德（前287—前212）在洗澡时无意中发现了浮力定理时发出的欢呼声。

怎么以最无耻的方式捉弄了他,他怎么感到被抛弃,陷入绝望的境地。面对幻想的破灭,埃拉克琉斯痛哭失声。被感动的校长先生握着他的两只手,正要说话,门厅里响起院长浑厚的喊声:"喂,您走不走,校长?"校长便最后一次拥抱不幸的博士,像安慰一个让人心烦的孩子一样,微笑着,和气地对他说:"这个嘛,喂,还是冷静一点吧,我的朋友,谁知道呢,也许您本人就是这手稿的作者呢。"

说完,校长先生就钻进街道的黑暗中,留下埃拉克琉斯张口结舌地站在门口。

博士慢慢地上楼回到他的书房,牙齿缝里不停地嘀咕着:"我也许就是手稿的作者。"他仔细地重读这部文件的作者每次再生时他总能又把他找到的方式;接着,他想起自己是怎么找到他的,那幸运的前一天像天意通知似的所做的梦,他走进老鸽子小街时的激动,这一切清晰、分明、赫然地重现在他的脑海。于是他直挺挺地站起来,像个有宗教幻象的人一样把两臂展开,用响亮的声音高喊:"是我,是我。"一阵战栗传遍他的住所,毕达哥拉斯狂烈地吠叫,被惊扰的动物们都突然醒来,每一个动物都说着各自的语言扰攘着,就像在庆祝灵魂转世说的预言家的伟大复活。于是,在超人的激情驱使下，埃拉克琉斯坐下，打开这部新《圣经》的最后一页，接着书写他的整个一生。

25

Ego sum qui sum[①]

从这一天起，埃拉克琉斯·格罗斯就变得狂妄自大起来。就像救世主来自圣父上帝，他自诩直接来自毕达哥拉斯，或者不如说他就是毕达哥拉斯，曾经活在这位哲人的身体里。他的家谱就这样蔑视那些最封建的贵族街区。他把人类的所有伟人都囊括在傲慢的轻蔑中，他们的最高功业和他的相比也不足挂齿；在人类和动物中，唯有他傲然独立于崇高的境界；他就是灵魂转世学的鼻祖，他的住所就是这学说的圣殿。

他曾经明令禁止女佣和园丁屠杀世人认为有害的动物。毛虫和蜗牛在他的花园里迅速而大量地繁衍；那些以前的贵人，

---

① 拉丁语，意为："我是自有永有的"。此话见于《圣经》的《出埃及记》，上帝对摩西说："我是自有永有的。""你要对以色列人这样说，那自有的打发我到你们这里来。"

而今在毛茸茸的大蜘蛛的形式下，在他书房的墙壁上游走它们丑陋的变形；见此情景，可恶的校长宣布，如果所有原来吃白食的都以各自的方式灵魂转世，在博士超凡敏感的脑瓜上聚会，他绝不会对这些落难的可怜的寄生虫开战。只有一件事扰乱埃拉克琉斯自鸣得意的心境，那就是不断看到他的动物们互相残杀：蜘蛛觊觎路过的苍蝇，鸟衔走蜘蛛，猫咪吞噬小鸟，他的狗毕达哥拉斯成功猎杀其牙齿锋芒所及的小猫。

他通过动物高低贵贱的不同程度，从早到晚追踪着灵魂转世的缓慢而逐渐的进展。看着麻雀在檐槽里啄食，他会有些突然的顿悟；蚂蚁，这些永恒和有远见的劳动者，引起他的无限感慨，他在它们身上看到所有游手好闲、于世无益的生灵，为赎回以往好逸恶劳、庸碌无为的过错，被罚从事这坚忍不拔的劳动。他经常一连几个小时把鼻子埋在草丛里观察蚂蚁；他常为自己的精深而惊叹。

另外，就还像尼布甲尼撒①一样用四肢爬行，和他的狗

---

① 尼布甲尼撒（约前627—前562）：又称尼布甲尼撒二世，位于巴比伦的迦勒底帝国最伟大的君主，在位时间约为公元前六〇五年至公元前五六二年。据《圣经》记载，他在巴比伦建成著名的空中花园，也毁掉所罗门圣殿；他曾征服犹太王国和耶路撒冷，并流放犹太人；上帝曾罚他离开世人，与荒野的兽类同居，吃草如牛。

一起在尘土里打滚,和他的动物们一起生活,和它们一起悠闲地躺卧。在他的心目中,人逐渐从造物中消失;很快,就只有动物在里面生活。他观察它们的时候,感到自己就是它们的兄弟;他只和它们谈话;不得不偶尔和人说话的时候,他就像在异类之中一样不知所措,在心里为自己的同类的愚蠢而愤怒。

26

在菜农街二十六号
水果商拉波特太太柜台周围
人们议论什么

维克多瓦尔小姐,巴朗松学院院长先生的手艺高超的女厨师,热尔特吕德小姐,同一个学院所属的大学的校长先生的女佣,和阿纳斯塔西小姐,圣女厄拉利镇的本堂神父博夫勒里先生的女管家,这就是一个星期四的早晨在菜农街二十六号水果商拉波特太太的柜台周围聚会的小团体。

这几位妇女,左胳膊挎着买菜的篮子,都戴着一顶白色的软帽,那软帽俏皮地压着头发,点缀着花边和管状的褶皱,细带子垂到背上;她们兴致勃勃地听着阿纳斯塔西小姐讲述,就在前一天,博夫勒里神父怎样为一个被五个魔鬼附身的女人驱邪。

突然,埃拉克琉斯博士的女管家奥诺丽娜像一阵旋风似的走进来,倒在一张椅子上,情绪紧张得喘不过气来。她看到能够引起足够的惊奇,就大肆发作:"不,这实在太过分了,不管人们会怎么说,我在这个家是再也待不下去了。"然后,她就用两个手捂着脸,呜咽起来。过了一分钟,她才稍稍平静了些,接着说:"不管怎么说,如果他疯了,这不是这个可怜的人的过错。"

"谁疯了?"拉波特太太问。

"我家主人,埃拉克琉斯博士呗。"奥诺丽娜小姐回答。

"这么说,院长先生说您家主人昏了头是真的了?"维克多瓦尔小姐追问。

"我就说嘛!"阿纳斯塔西小姐大声说,"本堂神父先生有一天对修道院院长罗桑克鲁瓦先生说,埃拉克琉斯博士是个真正与社会格格不入的人;他酷爱动物,就像什么毕达哥拉斯先生一样,那个人像路德①一样可恶。"

"有什么新情况,"热尔特吕德打断她的话,说,"您遇到什么事了?"

"你们想想呀,"奥诺丽娜小姐用围裙的角擦着眼泪,接着说,"我家主人对动物着迷已经快半年了;如果他见我打死一只苍蝇,会把我赶出门,我可是在他家已经干了快十年了。喜欢动物也是一件好事,再说畜生是为了我们而生的;可是博士已经不把人放在眼里,他只看见动物,他认为自己生在世上就是为了伺候畜生们的,他像跟有智慧的人一样跟它们说话,就好像他听见它们身体里有一个声音回答他似的。还有,昨天晚上,我发现老鼠在吃我买来的菜,我就在橱柜里放了一个捕鼠器。今天早上,我看见逮到了一只老鼠,就叫猫来;可就在我把这害虫给猫吃的时候,我家主人像发了狂似的走进来,从我手里夺走捕鼠器,把老鼠扔到我们的食品罐头中间;见我生气了,他还转过身来,把我臭骂一顿,对待我还不如对待一个捡破烂的。"

---

① 路德:全名马丁·路德(1483—1546):德国宗教改革家,基督教新教的创立者,十六世纪宗教改革运动发起人。他的思想对新教改革发生了巨大影响,改变了西方文明的潮流。

众人沉默了好一会儿，奥诺丽娜小姐又接着说："不过，我不怨这个可怜的人，他是疯了。"

两个钟头以后，博士的老鼠故事已经传遍巴朗松的所有厨房。中午十二点钟，它已经是全城市民午餐时津津乐道的逸闻。晚上八点钟，首席法官先生一边喝着咖啡，一边向在他府上吃晚餐的六位法官讲这个故事；而这些先生，姿态不同但都正襟危坐，在冥思遐想般地听着，不苟言笑，然而都频频摇头。十一点钟，省长在他举办的晚会上，面对六个木偶般的行政官员表示他的不安；见戴着白领带的校长先生正在向一群又一群人嚼着舌头，他便问校长对这件事有什么看法；校长回答："这说明什么？省长先生，如果拉封丹①还活着，他也许可以写一篇题为《哲学家的老鼠》的新寓言，这样结尾：

    两个中最愚蠢的并不是人们认为的那一个②。"

---

① 拉封丹：全名让·德·拉封丹（1621—1695），法国古典文学的代表作家之一，著名的寓言诗人，代表作是经过后人整理的《拉封丹寓言集》。
② 作家在这里引用了法国诗人拉封丹的寓言《磨坊主、他的儿子和驴》中的一句诗，但略加变化。原诗句是："三个中最愚蠢的，并不是人们认为的那一个。"

27

何以埃拉克琉斯博士的想法

和从水里捞出一只猴子的海豚完全不同,

……

海豚把猴子扔回水里,

再去找需要援救的人。①

第二天,埃拉克琉斯出门的时候,发现每个人都好奇地看他,有的人为了看个清楚还回过头来。他受到的注意起初很让他惊讶;他寻找其原因,心想他的学说可能已经在他不知道的情况下传播开来,他已经到了被同胞们理解的时刻。于是他萌生出对这些市民的巨大好感,在他们中间已经看到了热情的信徒;他像一位君王在自己的民众中一样,忽而向左,忽而向右,向他们微笑致意。人们在他身后说的悄悄话,

---

① 作家在这里引用了法国诗人拉封丹的寓言《猴子和海豚》的最后两行。一条与人类友好的海豚救起沉船中的一只猴子,发现不是人,便把猴子再抛进水里去救人。引文稍有变化,但保留了原意。

在他看来是一种低声的称赞;想到不久后校长和院长的羞愧,他泛出得意的笑容。

他就这样走到了拉布里耶码头。几步远的地方,一群孩子在玩耍,一边嬉笑着向河里扔着石块;一些船夫在太阳光下抽着烟斗,看来对这些孩子的游戏很感兴趣。埃拉克琉斯走过去,突然像一个人当胸被打了一拳似的退了回来。因为在离河岸十米的地方,一只小猫在河里时而下沉时而浮现,就要溺水了。可怜的小动物拼命挣扎着向岸边游,但是每当它的脑袋在河水里露出来,一个淘气鬼扔的石头又让它淹没。凶恶的孩子们拿这垂死的动物开心,互相激励,比谁更灵巧。每次一块石头准确地击中那可怜的动物,河岸上就响起一阵笑声和快活的跺脚声。突然,一块尖利的石子击中那动物的脑门,白色的猫皮上出现一股鲜血。于是,在刽子手中间就爆发一阵疯狂的喊声和掌声,不过立刻变成一片可怕的惊慌。博士脸色煞白,气得发抖,拳打脚踢,拨开一条路,像狼闯进羊群一样冲到这群孩子中间。孩子们被吓得厉害,跑得也快,其中的一个惊慌失措跳到河里,没了踪影。埃拉克琉斯急忙脱掉礼服,甩掉靴子,也一头扎进河里。他奋力游了几下,就在那小猫要溺水的时候,一把抓住它,胜利地游回岸上。然后，他坐在一根系缆桩上，又是擦拭，又是亲吻，又是爱抚，对他刚从死亡线上夺回来的小猫百般呵护，像亲儿子一样把它抱在怀里，不顾两个水手刚刚救到岸上的那个孩子，对身后的喧哗更是无动于衷。他忘了丢在岸上的他的皮鞋和礼服，迈着大步向家里走去。

28

> 读者呀，这个故事将要表明，
> 如果您要让同类免遭劫难，
> 您认为救猫比救人更重要，
> 您就会激起邻居们的愤懑；
> 正像条条大路都通向罗马，
> 转世说会把疯子引向疯人院。
> 《巴朗松之星报》

两个小时以后，浩浩荡荡的一群人拥在埃拉克琉斯·格罗斯博士的窗前，发出震耳欲聋的喊声。不久，一阵冰雹般的石子砸碎了他的玻璃窗。宪兵出现在街的尽头的时候，这群人正要去冲进他的家门。形势逐渐平静下来，人群散去；不过直到第二天，一直有两个宪兵站在他的住房前面。博士在极度的动乱中度过了一个夜晚。对于民众的发作，他的解释是：教士们暗中密谋反对他，同时也是一个新的宗教来到旧信仰中间必然引起的仇恨的爆发。他甚至以殉道者自居，已经准备好在刽子手面前宣扬他的信仰。他把这套房子装得下的所有动物都弄到他的书房来，太阳升起时，只见他还在他的狗、一只山羊和一只绵羊中间酣睡，把他救的那只小猫紧搂在胸口。

一阵猛烈的敲门声把他惊醒，奥诺丽娜带进来一位神色严肃的先生，这人后面跟着两个警察。再后面还躲着一个警察局的医生。那先生自称是警察局长，彬彬有礼地请埃拉克琉斯跟他去；后者很激动，便服从了。一辆马车等在门口，人们让他上了车。然后，他坐在局长旁边，对面是医生和一个警察，另一个警察坐在车夫旁边的座位上。埃拉克琉斯看到马车经过犹太人街、市府广场、贞女林荫大道，最后停在门上写着"疯人院"字样的一座外表阴森的大楼前。他突然意识到自己落进了可怕的陷阱；他明白了敌人无比阴险的巧妙手段，于是使出浑身的力气想冲到街上去；但是两只强有力的手让他坐了回去。于是，在他和三个看守他的人之间开始了一场搏斗。他挣扎，扭动着身子，又是打，又是咬，又是疯狂地号叫。最后，他感到被摔倒，牢牢地捆起来，抬进那座不祥的大房子。门发出一声凄惨的响声，在他身后关起来。

他被带进一个样子奇特的狭窄的隔间。壁炉、窗户和镜子都用铁栅栏牢固地保护着，床和唯一的一把椅子用铁链子连在地板上。没有任何家具是这牢房的居民可以拿得起搬得动的。时间将会证明，加这些小心并不多余。一到这对他来说是全新的住处，博士就怒不可遏。他试着捣毁家具，拔掉铁栅，砸破玻璃。发现自己办不到，他就在地上打滚，一边发出可怕的号叫。两个身穿工作罩衣、头戴制服大盖帽的男人突然走进来，后面跟着一个光头黑衣的彪形大汉。这个人发了一个信号，那两个人就向埃拉克琉斯扑过来，给他套上一种紧身衣；然后他们就看着黑衣先生。后者打量了一会儿博士，便转身对两个同伙说："去淋浴室。"埃拉克琉斯于是被抬到一个冷飕飕的大房间。这房间的中间有一个没有水的池子。他一直叫嚷着，被脱掉衣裳，然后被放进这个澡盆；他还没有意识到是怎么回事，就被一股可怕的雪崩似的冰冷的水激得喘不过气来。即使在北极地区，也没有人经受过这像冰川倒在肩上似的酷刑。埃拉克琉斯突然不作声了。黑衣先生一直观察着他；他郑重地给他诊了一下脉，说："再来一次。"第二次冲凉水从天花板泻下来，博士瘫倒在冰冷的浴缸里，哆嗦着，抽搐着，喘息着。接着，他又被捞出来，用暖和的被毯包起来，躺在他的隔间的床上，深深地睡了三十五个钟头。

他醒来时，脉搏平稳，头脑轻松。他思考了一会儿他的处境，便开始读他特意留个心眼带来的手稿。不久，黑衣先生走进来。有人搬来一张摆了饭菜的桌子，他们一块儿吃了午饭。博士没有忘记前一天的冷水浴，因此表现得非常宁静，非常礼貌。他闭口不谈导致他经受如此不幸的事；他用最引人入胜的方式侃侃而谈，竭力向主人证明他的头脑像希腊七贤①一样圣洁。

黑衣人离开的时候说，埃拉克琉斯可以去院子里的花园去兜一圈。这是一个很大的方形院子，种着不少树木。有

---

① 希腊七贤：古希腊公认的七个最有智慧的人：普里安的拜阿斯、斯巴达的凯伦、林都斯的克利奥布拉斯、科林斯的帕立安德、密提利那的庇达卡斯、雅典的索伦、米利都的泰勒斯。

五十来人在那儿散步；一些人笑嘻嘻的，一边叫喊一边高谈阔论；一些人神色凝重，满脸愁容。

博士首先注意到一个高个子的人，留着一把长长的白胡子，孤零零一个人低着脑袋走着。不知道为什么这个人的命运引起他的兴趣。就在这个时候，这个陌生人抬起了头，直勾勾地看了埃拉克琉斯一眼。然后，他们相向走过来，彬彬有礼地打招呼，于是交谈了起来。博士得知这位伙伴名叫达格贝尔·费罗姆，是巴朗松初级中学的活语言①老师。他没有在这个人的头脑里发现任何不正常的东西，正纳闷是什么把他带到这种地方来，对方突然站住，抓起他的手，紧紧握着，低声问他："您相信不相信灵魂转世？"博士踉跄了一下，欲言又止；他们彼此看着，在几秒钟时间里，两个人都站着不动，互相审视着。终于，埃拉克琉斯被激情战胜了，泪珠从他眼里涌出来，他张开双臂，两人紧紧拥抱。于是他们倾心交谈起来。他们很快就了解到他们是受到同样的真理启发。他们的思想完全一致。不过，随着看到双方惊人的思想相似，博士越来越有一种奇特的不舒服的感觉；在他看来，

---

① 活语言：指正在使用的语言，和死语言即不使用的语言相对。

陌生人的形象在他眼里似乎在不断放大，而他对自己的评价在缩小。嫉妒吞噬着他的心。

那个人突然高喊："灵魂转世说，就是我；是我发现了灵魂演化的规律，是我探测到人类命运的奥秘。我就是毕达哥拉斯。"

博士突然站住，脸色比裹尸布还苍白。"对不起，"他说，"毕达哥拉斯是我。"

他们又互相对视了一下。那人继续说："我先后做过哲学家、建筑家、士兵、农夫、僧侣、几何学家、医生、诗人和水手。"

"我也一样。"埃拉克琉斯说。

"我用拉丁文、希腊文、德文、意大利文、西班牙文和法文写过我的历史。"陌生人大嚷。

埃拉克琉斯接着说："我也一样。"

两个人站在那里，目光交锋，像剑尖一样锐利。

"一八四年，"另一个吼道，"我住在罗马，我是哲学家。"

博士听了，颤抖得比暴风雨吹打的树叶还厉害，从口袋里掏出他的珍贵手稿，像一个武器一样在对手的鼻子底下摇晃着。

后者向后一跳。"这是我的手稿。"他大叫；他伸手要抓那手稿。

"这是我的。"埃拉克琉斯也大叫，而且用惊人的快捷把那受到争议的文稿一会儿举到头上，一会儿换到放在背后的手上，做出让人意想不到的千变万化，避开对手的疯狂的追抢。

对手咬着牙，跺着脚，号叫着："强盗！强盗！强盗！"他终于用一个迅疾麻利的动作，成功地抓住埃拉克琉斯想躲开他的那个文件的一头。在几秒钟的时间里，每个人都同样愤怒和使劲地拉扯，互不相让。那形同两个人的连接线的手稿，自己分成了两个同等的部分，像已故所罗门①国王一样智慧地结束了这场争斗。争斗的双方都一屁股坐到相距十步的地上，痉挛的手里还紧紧抓住抢得的那半部胜利果实。

他们没有站起来，而是又开始互相对视，就像两个强大的敌手在一番较量以后犹豫着是否再拳脚相向。

---

① 所罗门：《圣经》人物，古以色列联合王国的第三任君主，大卫家族的第二位君王，以其富有和智慧而著称。《列王记》称他把首都耶路撒冷建成圣城，成为犹太教的礼拜中心，也被基督教、伊斯兰教奉为圣地。所罗门时代又是古代希伯来文化发展的重要阶段。有一个事例证明他善于了断纷争：两妇女皆称自己是一婴儿的生母，所罗门佯命将婴儿劈成两半，一妇同意，一妇反对，于是所罗门断定后者为生母。

达格贝尔·费罗姆首先再次挑起敌意。"我是这份手稿的作者,"他说,"证据嘛,就是我在你之前就知道这份手稿。"埃拉克琉斯没有回答。

对方又说:"我就是这份手稿的作者,证据就是:我能用写它的七种语言把它从头到尾背出来。"

埃拉克琉斯没有回答。他在深深地思索。在他身上发生着一场革命。不可能有任何怀疑了,胜利将属于他的对手;但是他曾经热烈呼唤的这位作者,现在却像一个冒牌的天神一样令他愤怒。既然他自己现在成为一个被剥夺的神,他索性起而反对神灵。他以前根本不相信自己会是作者,所以他疯狂地希望能看到作者;但是,自从他终于对自己说"这是我创造的,灵魂转世说,是我的"的那一天起,他再也不能容许某个人取代他的位置。就像一些人宁愿烧掉自己的房子也不愿看到别人住一样,既然一个陌生人登上了他搭起的祭坛,他就烧掉神殿和上帝,他就烧掉灵魂转世说。于是,沉默了很久以后,他用缓慢而又郑重的声音说:"您疯了。"

听他这么说,对手像疯子似的冲过来,若不是几个看守跑过来,把两个宗教战争的革新者押回他们各自的住处,一场新的格斗眼看就要开始,而且会比第一场更加火爆。

在将近一个月的时间里，博士都没有离开他的房间；他独自挨过一个又一个白天，两手捧着脑袋，陷入沉思。院长先生和校长先生时不时地来看望他，温和地，通过巧妙的比喻和微妙的暗示，促进他头脑里正在进行的思考。他们告诉他：一个名叫达格贝尔·费罗姆的巴朗松初级中学的语言老师在写一篇关于毕达哥拉斯、亚里士多德①、柏拉图②的理论的哲学论文时变疯了，此人甚至想象自己是在科莫都斯皇帝③时期就开始写这篇论文的。

一个旭日高升的晴朗的早晨，博士终于恢复了他原来的状态，美好日子里的埃拉克琉斯；他紧握着两位好友的手，向他们宣布他永远放弃了灵魂转世说、他的动物赎罪说和他

---

① 亚里士多德（前384—前322）：古希腊哲学家和百科全书式科学家，在哲学、生物学、物理学、形而上学、神学、逻辑学、诗学、政治学、修辞学、伦理学等各方面均有建树。他是柏拉图的门徒，和柏拉图同为西方世界最有影响的思想家。

② 柏拉图（前427—前347）：古希腊哲学家，也是整个西方文化中最伟大的哲学家和思想家之一，和老师苏格拉底、学生亚里士多德并称为希腊三贤。

③ 科莫都斯（161—192）：古罗马帝国安东尼王朝第七位皇帝，也是最后一位皇帝，一八〇年至一九二年在位。他被视为暴君，遇刺身亡后罗马帝国再次陷入内战。

屡次三番转世的见解，他拍着胸脯坦然承认自己的错误。

一周以后，他走出了疯人院的大门。

29

人们怎样有时逃脱卡律布狄斯之口
又落入斯库拉的魔爪①

离开那命中注定的疯人院，博士在门口停留了一会儿，展开肺叶尽情地呼吸了一下自由的伟大空气。然后，他迈起昔日轻松的脚步，走上回家的道路。他走了五分钟，一个顽童认出了他，长长地吹了一声口哨；立刻，从邻近的街道传来一声同样的哨声。第二个小淘气立刻跑过来，第一个向他的同伙指着埃拉克琉斯，声嘶力竭地叫喊："瞧呀，那个喜欢畜生的人从疯人院出来了。"两个孩子一起，紧跟在博士后面，惟妙惟肖地模仿起各种动物的叫声来。另外十来个捣

---

① 卡律布狄斯和斯库拉都是古希腊神话中的海妖，在麦西安海峡为害。卡律布狄斯每天吞吐海水三次；斯库拉有十二只脚。所以有句成语："逃脱卡律布狄斯之口，又落入斯库拉的魔爪。"

蛋虫立刻加入前一批的队伍，为以前的灵魂转世学者组成一个既吵闹又讨厌的仪仗队。他们中的一个走在博士前面十步远的地方，举着一把笤帚当作旗子，笤帚头上绑着一块大概是在某个垃圾堆旁边找到的兔子皮；另外三个立刻跑来跟在他后面，模仿着咚咚的击鼓声；然后是惊慌的博士，穿着他那紧紧的长礼服，礼帽低垂到眼上，像一个走在大军中间的将军。在他身后，顽童的团队奔跑着，蹦跳着，翻着跟头，叽叽喳喳，学牛哞、狗吠、猫叫、马嘶、羊咩、鸡鸣，想象出千百种乐趣横生的花样，逗得出门看热闹的市民乐不可支。埃拉克琉斯不知所措，越走越快。突然，一条流浪狗走过来从他两腿中间穿过。博士气不打一处来，抬起腿狠狠踢了那畜生一脚；也许这条狗从未受到过的这样的虐待，痛得连忙逃跑。埃拉克琉斯的周围响起一片可怕的呼唤声，他没了主张，拼命地跑；那地狱般的仪仗队始终在后面穷追不舍。

这帮顽童像旋风似的穿过城里的几条主要街道，来到博士的住处，发起一次次冲击。博士见家门虚掩着，就冲了进去，关上门，然后一口气跑到他楼上的书房。他在那里受到猴子的接待，它频频伸出舌头向他表示欢迎。见此情景，他仿佛看到一个幽灵立在面前，不禁向后一退。他的猴子，是他的所有不幸的活着的记忆,他的疯狂,他刚刚受到的屈辱和侮辱的根源。他抓起一个伸手可及的橡木凳子,一下子砸裂了可怜的四手动物的脑瓜,它立刻重重地瘫倒在自己的凶手脚下。他执行完这桩死刑,感到轻松了,便倒在一把安乐椅里,解开他的长礼服。

奥诺丽娜这时出现了;她见到埃拉克琉斯,高兴得几乎晕过去。她跳起来搂住主人的脖子,抱住他吻他的面颊,简直忘了世人眼里主人和仆人之间应有的分界。在这一点上,埃拉克琉斯以前给她做出过示范。

然而那帮小捣蛋鬼并没有散去。他们继续在门前喧闹,闹得那么厉害,埃拉克琉斯不耐烦了,便下楼去他的花园。

一个可怕的场面让他大为震惊。

奥诺丽娜尽管埋怨主人的疯狂,但她是真心爱护他的,所以想在他回家的时候给他一个惊喜。博士不在的时候,她像母亲一般悉心照料主人以前收集到这里的所有动物,以致由于各种动物皆大肆繁殖,花园里呈现出大洪水[①]退去后方

[①] 大洪水:指《圣经》的《创世记》中所说的大洪水:"耶和华见人在地上罪恶极大,于是宣布将使用洪水,毁灭天下地上有血肉有气息的活物,无一不死。"

舟里聚集的活物应有尽有的景象。① 那真是一个满是动物的大杂院；树木、花丛、青草和地面都被淹没了。树枝在鸟儿大军的重压下弯着腰；而在树下面，狗、猫、山羊、鸡、鸭和火鸡在灰尘里打滚。空气里充满的各种动物的叫声，绝不亚于聚集在院子外面的那群捣蛋的孩子发出的喧哗。

埃拉克琉斯看到这场面，再也按捺不住了。他冲向一把被遗忘在墙角的铁锹，像荷马② 颂扬过其功绩的赫赫有名的斗士那样，时而前冲，时而后跳，时而左挥，时而右抢，满腔怒火，口吐白沫，对所有这些并不伤人的动物进行了一场大屠杀。惊恐的鸡越墙飞逃，猫爬上了树。没有任何动物获得他的宽恕；那是一场无法形容的混乱。后来，尸横遍野的时候，他也终于累倒了，像一位得胜的将军一样，在杀场上睡着了。

---

① 据《圣经》记载，耶和华发现"诺亚是个义人，在当时的世代是个完全人"，便指示他建造一艘方舟，并带着他的妻子、儿子与媳妇，以及牲畜与鸟类等动物，且必须包括雌性与雄性。洪水来临，大地全部被淹没，只有诺亚方舟上的各种生物得以幸免。
② 荷马：传说是公元前八世纪末的一个诗人，写有史诗《伊利亚特》和《奥德赛》，对西方的宗教和文化有深远影响。

第二天，他的狂热消退了，他想试着在城里兜一圈。但是他刚走出家门，埋伏在各个角落的顽童们又追着他叫喊："嘿！嘿！嘿！喜欢畜生的人，畜生的朋友！"他们又变着各种花样像前一天那样起哄。

博士连忙回家。他气得喘不过气来，又不能怪罪什么人，便发誓和各种动物势不两立，战斗到底。从这时起，他就只有一个意愿、一个目的、一个念念不忘的想法：杀动物。他从早到晚窥伺它们，在花园里张起捕鸟的网，在檐槽里布下陷阱扼杀附近的猫。他总在虚掩的门里为路过的狗献上一些开胃的肉，当一个不慎的受害者向诱惑屈服，门就突然关上。对他的怨声从四面八方升起。警察局长好几次亲自来限令他停止这凶残的战争。他成为无数投诉的目标；但是什么也阻止不了他的报复行为。他终于引起越来越大的公愤，全城掀起了第二次反对他的浪潮，若不是军队干预，他就被愤怒的群众砍成碎块了。

巴朗松的所有医生都被召集到警察局来，一致宣布埃拉克琉斯·格罗斯博士疯了。两个警察押着他第二次穿过城市；写着"疯人院"字样的沉重的门又在他进去后关上。

30

"越是疯子越爱笑",

这句成语何以

未必总有道理

第二天,博士下楼到疯人院的院子里散步,第一眼看到的就是灵魂转世说手稿的作者。两个敌人面对面走过来,怒目相视。他们周围立刻围了一圈人。达格贝尔·费罗姆大呼:"就是这个人,想盗窃我一生的作品,抢走我的光荣的发现。"人群中传开一片低语。埃拉克琉斯回答:"就是这个人,胡说动物是人、人是动物。"然后,两个人抢着说起来,越说越激动;就像第一次一样,他们很快就动起手来。观众赶快把他们分开。

从这一天起,这两个人以令人赞叹的顽强和坚韧,各自创立了一个宗派,以致在短短的时间里整个疯人院的人就分成了两个敌对、激烈、狂热的派别,两派人之间是那么不可调和,一个转世派分子遇到对手,不可能不发生一场厉害的争斗。为了避免流血的遭遇，院长不得不指定不同的派别在不同的时段散步；因为自从圭尔弗派和吉贝卢斯派①的著名争拗以来，再也没有更执拗的仇恨驱动两个敌对的宗派。再说，多亏这谨慎的措施，两个派别的首领日子过得很滋润，信徒对他们喜爱又听话，服从又崇敬。

有时在夜深人静，会有一条狗围着院墙一边转悠一边吠叫，令埃拉克琉斯和达格贝尔在床上不寒而栗；那是奇迹般逃过主人报复的忠实的毕达哥拉斯，循着他的足迹来到他的新住所外面，想要打开这道只有人方可入内的门。

---

① 圭尔弗派和吉贝卢斯派：或称教皇派和帝王派，罗马帝国时代两个在军事、政治、文化上都激烈敌对的派别。